神田川デイズ

豊島ミホ

目次

見ろ、空は白む　五
いちごに朝露、映るは空　三九
雨にとびこめ　八五
どこまで行けるか言わないで　一三五
リベンジ・リトル・ガール　一七三
花束になんかなりたくない　二一一
あとがき　二五八
解説「まなざしの誠実さ」　三崎亜記　二六四

見ろ、空は白む

もしも世界のどこかに一箇所だけ青春のどん詰まりがあるならば、それはこの六畳間に他ならない、と思う。

石油ストーブの上で、加湿器代わりのやかんがしゅんしゅん湯気を上げている。それを後ろから包囲するように本とCDとアダルティックなゲームソフトが壁際に沿って積み重なり、砂壁から落ちたキラつくほこりを頭にのせている。築年数のいった部屋に似つかわしくない銀色のノートパソコンが、本の山から隔離されるようにして畳の真ん中にポツネンと在り、窓は東側にひとつだけぼんやりと浮かぶ。磨《す》りガラスの向こうには、隣のアパートの壁があって、世間に等しく降りそそぐはずの太陽の光を断絶する。僕の背にした壁は床に近いほど冷たく、しっかりとズボンにセーターの裾《すそ》を突っ込まないと腹を冷やす。

そしてその部屋の真ん中に鎮座するのが、天板が一メートル四方のこたつ……と、僕を含む三人の男たちだ。

僕の右には、石油ストーブの熱をどっしりと背負った、中年の貫禄《かんろく》の男がいる。腹もおでこもムックリしているが、正真正銘の二十一歳、陸奥《むつ》男《お》だ。近所の古本屋で仕入れてきたらしい、カビくさい哲学書を読んでいる。しかもマルクスのやつだ。昨日もおとといも二ヶ月前も同じ背表紙だった気がする。時々、黒縁のメガネをかけ直すが、めったにページをめくる音がしない。

そしてその隣、僕から見て真向かいの辺に座っているのは、しゃくれたアゴと青黒い唇がチャームポイントの仁田《にた》だ。もし犯罪者なら下三分の一のモンタージュだけで捕まりそうな顔である。神経質を強調するような銀縁メガネの奥の瞳《ひとみ》が見つめる先にあるのは、水着の女の子がどっかーんと構えたマンガ週刊誌だ。たまに、青黒い唇が歪《ゆが》み、「フン」と息が漏れる。一応笑っているらしい。

そして僕はというと、シャープペンシルの先をカッカッ鳴らしてこたつにしがみついている。左手で教科書を押さえつつ、右手で「今回の単語」の欄にある中国語の羅列をルーズリーフに写していく。単語は口に出したほうが憶《おぼ》える、という「中1チャレンジ」に書いてあった暗記のコツをかれこれ九年信じているので、単語を三回写しながら三回読み上げる。しかし、これで本当に暗記できているのかは果てしなく怪しい。なにしろろくに授業に出ていないのだ、ピンインの読み方が合っているかさえわからない。

「……おい」

ほぼ悪の呪文のような僕のつぶやきと、仁田がめくる週刊誌の安くさいページの音に、おもむろに割り込んでくる声があった。顔を上げると、陸奥男がマルクスを畳の上に置いて口を開いたところだった。

「俺たちって地球のスネカジリだと思わないか。こんな……こたつと石油ストーブのW使いの部屋でぬくぬくして、ミカンまで消費して……」

僕は「そうかもね」と軽く相づちを打ってすぐ、教科書に目を戻して単語の羅列を生産し始める。向かいから仁田のゾンビみたいな手が伸びてくる気配がしたと思ったら、こたつの真ん中に置かれた、つやつやと健康的な照りのあるミカンをひとつさらっていった。

「地球レベルの話にしなくてもスネカジリじゃん」

仁田のツッコミと同時に、ぷちぷちぷちっ、とミカンの皮に含まれるジューシー成分が飛び散る音が耳に入ってきた。ああ、またこたつ布団に臭気のモトが飛んでいく。ここは僕の部屋で、こたつ布団だって僕ひとりのものだったはずなのに、今や三人ぶんの汗や、ミカンの果汁だのうどんの汁だのせんべいのかけらだの、有機物をまとって、強い臭気を放っている。こたつの外側はまだしも、僕らの足が入っている内側なんて、鼻責め地獄だ。

「陸奥男お前、無駄に落ち込むのやめろよ。マルクスじゃなくてヤンマガ読めば？」

「無駄じゃない。せめて落ち込まないと気が済まないのだ。無知の知、のようなものだ」

耳に入ってくるふたりの会話はまるきり噛《か》み合っていない。僕は僕で、二時間後にせまった試験の勉強をしているというのに、半分くらい、その噛み合わない会話を聞いてしまっている。

ふたりはその「噛み合わなさ」を自ら悟ったのか、会話をやめて、またそれぞれの読書に戻った。僕はふたたび、中国語を唱え始める。プーノン、プーノン、プーノン。「不能」。意味は「ほにゃらできない」。

僕らは、言うなれば超不能だ。なんにもできない。ここでこたつを囲んで、エネルギーの浪費をすることだけが生活のすべてだ。

——こんなどん詰まりで、僕はなにをしているのだろう。

その問いは、燃えるゴミの収集車のごとく頻繁かつ定期的に頭にのぼり、そしてあっさりと通り過ぎていく。僕は怠惰で、ほんとうになにもする気がないのだった。

バイト？　したくない。サークル？　めんどくさい。資格？　金かかるじゃん。——消去法ですべてを消去した結果として、僕はこの六畳間、つまり青春のどん詰まりにいるのだ。

まったく頭に入ってこない単語の海にうんざりして、僕はとうとう頭を上げて教科書を視界から消した。向かいに座った仁田の向こうに、窓が見える。磨りガラスの上端だけは、透明で景色が見えるようになっていて、その向こうに隣の家の壁が動かずにある。風が吹いても、雨が降っても、変わることのない壁だ。僕はこの壁を、ここから目にやきつくほど眺めてきた。

「僕みたいな人間は高校出たらすぐ働くべきだったんだ、地元で」

僕がつぶやくと、仁田が「わかってるじゃないか」と冷笑し、陸奥男が「しかしそれはそれで骨の折れることだったんじゃないか」と眉《まゆ》をひそめた。ひとりごとに答えてくれるさえない男がふたり居るために、僕は生かされているのだった。

「……もう行く」

僕は手放していたシャープペンシルを拾い上げて、芯《しん》をしまった。こたつを出る。ここに居ると気が滅入《めい》ってくるのは明白なのだから、さっさと出ていこうという気になったのだ。押し入れのふちに引っかけたハンガーから、毛玉だらけのコートを取って羽織る。

「まだ四時じゃん。試験は六限って言ってなかった？」

仁田が僕を見上げて訊《き》いてきた。「図書館で勉強する。そっちのほうがまだはかどるだろうから」と答えると、仁田お得意の「鼻で一笑」が返ってきた。僕はこたつのふたりを見下ろして尋ねる。

「ほんとに行かないの？」

僕だけじゃない。今日は試験の一日目だから、同じ学部の学生ならだいたい全員、六限に試験が入っているはずだ。

しかし返事はない。ふたりともメガネの下で目を泳がせただけだった。僕は準備していたカバンを背負うと、六畳間をあとにした。

窓のないキッチンを抜けて玄関のドアを開けると、沈みかけの日光がやんわりと目に染みた。二月の四時の陽射しさえまぶしい、いかに自分が暗い場所にいるかわかる。鍵《かぎ》をかけてから、僕はズボンの腰回りがもったりしているのに気付き、ドアの前でコートを脱いだ。ズボンのなかにしまいっぱなしだったセーターの裾を引っぱり出す。セーターの裾をズボンにイン、しているのは現代の流行にそぐわないらしい。

引っぱり出したセーターの裾は、のびきった上にシワをつくっていて、くたびれた動物の皮みたいだった。僕はそれに滅入りそうになりながらも、もう一度コートを着直して、コンクリートの床の上を歩き出した。すぐそこにある錆《さ》び付いた集合ポストで、「101原田」の箱だけがチラシをあふれさせているが、無視する。

とりあえず今は学校にたどり着くのが先決だ。そして中国語1Aの試験を受けて、四年卒業への最低ラインを確保するのだ。


なぜこんなことになったのかは自分でもよくわからない。わかっていたら、僕はさっさとここから脱出していることだろう。ともかく、きっかけとして思い浮かぶのは、一年生の春の野球応援のことだ。

僕たちの大学では、春と秋に野球の定期戦が行われており、その応援が一種、学生の恒例行事になっているらしい。らしい、というのも、僕がまるっきり愛校心の表れ的な行事を好まないからなんだけれども、一年生の春、クラスメイトのひとりが、その定期戦の応援に行って皆の親睦《しんぼく》を深めようと言い出したのだ。

僕の受かった学部は夜間部だった。昼の学生のようにサークル活動を謳歌《おうか》することは難しく、なかなか友人を作りづらい状況である。クラスメイト同士で仲良くなるきっかけを誰もが欲していた。僕も上京したばかりで、東京やキャンパスや男女交際や、その他いろんなものに希望を抱いていた頃だったので、その親睦行事に参加することにした。

よく晴れた球場のスタンドを、学生が埋めつくしていた。あちこちで激しい爆笑と意味不明の怒声が上がり、それに女子学生の黄色い声が時々交じる。試合が始まると、前に出た応援団の指示で、スタンドは揃って校歌を叫んだり（うたったり、ではない）拍手をしたりするようになり、熱気はいっそう高まった。東京上空との温度差で低気圧がひとつ生まれそうなほどの熱のなか、僕はまんまと浮かされて、隣に座ったイケメン風味の男子と肩を組んでうたった。大学って素敵だなあ、東京って素敵だなあ、などと本気で思った。あれは多分、おばあちゃんを一箇所に集めて布団を高額で売り付ける集団催眠商法と似ていた。

僕は途中でトイレに立った。そして戻ってきた時に、クラスメイトたちを背中から見て、どうしようもない違和感をおぼえてしまったのだ。あれはなんだったのだろう。僕は催眠商法になんかかからない、という意識が生まれたわけじゃない。もっと頼りない感じだ。適当にばらけた拍手と、応援団の吹く笛の音が耳の奥に奥に入っていって、頭の真ん中で鳴る気がした。と同時に、女子同士でかたまっていたところから髪の長い女の子がひとり立ち上がり、イケメンに何事か話しかけてから、空いていた僕の席に座った。彼女は隣のイケメンと肩を組んだ。そして応援歌に合わせて左右に揺れた。僕はとうとう催眠から覚めてしまう。

居場所を失った僕は、応援席の最後部にある柵《さく》にもたれてずっと立っていた。バットがきんと気持ち良い音を立て、ステレオが壊れそうなほどの歓声がどっと沸くのを何度も聞いた。僕はグラウンドを見ることなく、首を反らして空ばかり見ていた。

ふと気が付くと、僕の右と左に、不自然な距離を空けながら、やっぱりぽかあんと宙を見て立っている男がいるのに気付いた。空を見上げた顔は口が開いていて非常に間抜けで、彼らの、もともと良いとはいえない顔の造形をよけいひきたたせている。僕も同じ表情をしていたのだろうなあ、と思った。

僕が見ているのに気付いたのか、左の男がこちらに顔を向けた。まんまるい鼻に、バカみたいな金髪をして、そのくせ昔の少年漫画の「番長」みたいに男らしい太い眉をくろぐろとさせている。この年にしては腹が出ていた。貫禄《かんろく》という言葉がよく似合い、金髪とカラーフレームのメガネに、イメチェンの失敗がうかがえる。僕が観察している間、向こうも僕のことを観察しているらしく、じっとこちらを見ていたけれど、ふと視線を外して、今度は僕の少し先を見た。振り返ると、もうひとりの男もこちらをうかがっていた。ぎすぎすにやせて、尖《とが》ったアゴが前に出ているのが特徴的だった。細い目は目尻《めじり》だけぎゅんと上を向いて、非常に人相が悪く見える。僕たちは三つどもえになってお互いをじろじろ見合った。

貫禄男が、その拮抗《きっこう》を破って一歩進み出た。そして僕としゃくれ男に言った。

「帰らないか」

一言だった。しかしその一言に、僕としゃくれ男はうなずいた。

三人で球場をあとにした。アスファルトの道路に出ても、空気にヒビが入りそうなほどの歓声はスタンドから漏れ聞こえていて、僕たちの背中をさりげなく押した。球場の周囲は公園になっていて、葉桜が美しかった。僕たちは滅入っていた。四月に。同じ学校の学生たちの連帯感に。降り注ぐ陽射しのやさしさに。

滅入ったままではあったが、ぽつぽつと会話はした。やはり三人とも新入生で、たまたま揃って同じ文学部だった。僕が文学専攻、貫禄男が哲学専攻、しゃくれ男が芸術専攻だった。

「大学に入れば同志と語らえると思っていたのだが」

貫禄男が言ったけれども、哲学から遠い学生たちに媚《こ》びたような金髪では説得力がなかった。

「俺は映画を撮りに大学に入ったんだ。でもダメだな、この学校じゃ同志なんか見つかりそうにねえ」

しゃくれ男もぼやいた。映画を撮る人が定期戦を見にくる必要があるのかどうか謎だった。

「僕は……」

自分はただ、なにか高校までと違って新しい世界が開けるのではないかと無責任に期待して大学に入ったのだった。だから続きは出てこなかった。

ふたりは先をうながさなかった。黙って、葉桜の影が落ちるアスファルトの上を歩いていた。

そのまま、学校方面に向かう電車に三人で乗った。平日だから、夕方から授業があるのだった。けれども結局授業には出ず、一番学校に近い僕のアパートで飲むことになった。

部屋に入れてからやっと、ふたりの自己紹介を聞いた。貫禄男が入間《いるま》陸奥男で栃木出身、しゃくれ男は仁田敦《あつし》といい、神奈川県人だった。

陸奥男は僕よりボロい風呂《ふろ》なしアパートに住んでいるというので、その日以来なにかと上がり込んでくるようになった。「床屋に行く金がないが頭を丸めたいので原田君切ってくれ」と言われて、まださほど親しくもないうちに髪を切らされた。仁田は仁田で、「家に帰るのがめんどくさい、厚木なんて遠すぎる」と言い、ちょくちょく僕の家をホテル代わりにするようになった。勝手にプロバイダと契約してネットを引き、無料でエロ画像を集めるコツを一方的に語り出した。

六畳＋キッチン＋ユニットバスの小部屋は、男三人の魔窟《まくつ》になった。陸奥男の買った本が積もり、仁田が片っ端からコンビニで買い込む雑誌が畳の上に散った。

酒を飲むと猥談《わいだん》になった。「お前ら、女性器見たことあるか？」と仁田が言い出し、僕はとりあえず「いやもうバッチリ」と言ってみたけれど、喋《しゃべ》るほどにボロが出て、結局エロゲーで見た二次元の性器だということがバレた。陸奥男は馬鹿正直に「あわびに似ているというのは本当なのか？　相当グロテスクな代物かと思われるが」と童貞を告白した。仁田は唇をひくひく引きつらせて笑いながら、「バッカだなお前ら、現代社会ではモザイクなしの女性器なんぞネットにごろごろしてんだよお」とパソコンを立ち上げた。結局仁田とて、実物を見たことはないのだった。僕たちは無能である上に、三人揃って童貞だった。

その日は結局、陸奥男が「いや俺は偶像崇拝はせん！　生で拝むまでは決して」と言い出し、僕も「他人のパソコンを汚すな！」と仁田を止めたので、僕らがネット上の女性器を拝むことはなかった。が、以来、酒を飲むたびに女性器を見る・見ないでピーピー騒ぐハメになっている。

それでも六畳間は基本的に静かだった。陸奥男は古本屋で仕入れたカビくさい哲学書を読みふけり、時々「時間というものについて君たちはどう思うか」と話を振る。そして僕や仁田の答えにため息混じりに首を振ったり、急にカッと目を見開いて「なるほど！　俺には思いも寄らぬ発想だ！」と叫んだりするものの、やっぱり大人しく本を読んでいることが多い。仁田は五月にはマンガを描くと言い出してちゃぶ台を占領し、未完のまま九月に小説を書き出し、一月にはまた映画に戻ってシナリオを書き始めた。なんにせよ仁田のやることはすべて未完だった。そして僕はといえば、サボりまくりのふたりを尻目に授業に出てみたり、それでもやっぱり大学の空気に馴染《なじ》めない自己嫌悪で寝込んでみたり、三人のなかでもダントツに生産的でない日々を過ごしていた。

部屋には悪い空気が満ちた。僕たちは気力や夢や自尊心なんかを少しずつ削られていった。ＫＯＮＩＳＨＩＫＩに使われる石けんのごとく、あっという間に磨《す》り減って、自分の存在自体がつるんと消えてしまうような気もした。それでも僕は消えなかったし、六畳間から離れられもしなかった。

それで三年、である。

三年といえば、中学一年生が高校一年生になるだけの期間だ。おぼこなショートカットがシャギー入りの茶色いボブカットになったりもするだろうし、幼い二つ結びが、しなやかに垂れた直線的なロングヘアにもなるだろう。

そんな素敵な女子の成長とはうらはらに、僕はまる三年近く、あの部屋で腐っていたわけである。一年と二年、合わせて取った単位は四十二。腐っていたわりには頑張った数値かもしれないが、これは真面目な学生の約半分にあたる。三年と四年にみっちり詰め込めば留年せずに卒業できるけれども、そんな「みっちり」をこなす自信はない。

そしてそれ以前に、僕は初級の語学という必修の授業を落としていた。「中国語1A」である。四年生になる前に初級を修めていないと、その時点で「学生五年目」が確定になってしまうのだ。だから僕にとって、この「中国語1A」は分かれ道なわけである。

四年卒業が無理だと告げたら、和歌山の奥にいる親はなんと言うだろう。時々「ちゃんと勉強してる?」と母がかけてくる電話に、僕は「ヨユーだよそんなの」と答えている。僕がなにもしていないろくでなしだと知ったら、母は泣くだろうか。父は学費を出してくれるだろうか。帰って来いと言われないだろうか。

たとえ家族が留年を許してくれたところで、いったい僕は何年大学にいるのだろう。もう一年、また一年とズルズルして、八年生まで行ってしまうのではないだろうか。八年生ということは、二十六歳だ。立派な大人じゃないか。人によっては起業に成功して株を動かして一財産築いちゃってるような年じゃないか。そんな年にいまだ何者でもない僕など、雇ってくれる会社があるんだろうか。

ふと我に返ると、シャープペンシルが紙をひっかく音が聞こえていた。いつものごとくぺたりと机に頰を押しつけてどん詰まっていたけれども、僕が居るのは魔窟アパートでなく、文学部の図書館だった。さすがに試験前の時間だけあって、席には隙間なく学生がついている。僕の隣にも女子が座っていて、恐ろしい勢いでノートに文字を書いていた。よく見ると中国語だった。なにも見ずに漢字を書き込み、すぐにその下にピンインをふっていく。問題集についている日本語文を中国語訳しているのだと気付くのに少し時間が要った。

——これくらいできないと、単位は取れないのか？

僕は無意識に唾《つば》を呑《の》み下していた。文字を追っていくと、どうも初級の中国語であることがわかる。でも、彼女の顔には見覚えがない。初級中国語は人数が多いため、三クラスもあるので、きっと別のクラスなんだろう。脇目もふらずシャープペンシルの先を見つめる彼女の目は大人びていて、僕よりは少し年上に見えた。四年生かもしれない。でもきっとこういう人は、二年生までに必要な語学なんか終わらせていて（カッチョ良くドイツ語なんか取っちゃって）、二つめの外国語として中国語を取っているのだ。テストで落ちまくって初級クラスから動けずにいる僕とは、質の違う人なのだ。

僕が打ちのめされていることなどつゆ知らず、隣の女子はペンを動かし続けている。腕から外して机の上に置いた時計を見ると、試験開始まであと二十分しかなかった。窓の外はとっぷりと日が暮れて、学食が入った建物の灯《あか》りしか見えない。ふたたび机に目を落とすと、単語が五列ばかりならんだルーズリーフが一枚あるだけだった。図書館に一時間半居て、自分が結局なにもしなかったことを知る。

絶望的な気分になりながら、僕は図書館を出た。せめて席だけは取ろうと、早めに教室に行くことを決めたのだった。

教室前に着いた時、前の授業はまだ終わっていなかった。半端な明るさの蛍光灯が照らす廊下には、いつもより多くの学生が溜《た》まっていて、壁際に置かれたプラスチックの椅子がすべて埋まっていた。他人のことは言えないが、見覚えのない顔がほとんどである。普段授業に出ていない証拠だろう、お喋りをするでもなく、暗記カードをめくるでもなく、焦点をなくした目で座っているだけの人が多い。

僕も彼らにならうかたちで、すすけた壁にもたれた。もう教科書を開く気も起こらないので、手持ちぶさたである。かと言ってただ立っているのもひどくみっともない。いかにも学校に友だちがいないみたいじゃないか、という羞恥《しゅうち》心が生まれ、僕は壁に貼ってあるサークルのビラを読み始めた。「闘魂ある劇団員募集！」「加藤鷹がやって来る☆」「ジェンダー研究は今、何を語るべきか」……字面は頭に入ってくるけれども、それによって湧き上がる感情は特に無い。それでも強いて思ったことを挙げろと言われれば、特に感情の湧き上がらない自分ってダメなんだろうなあ、ということくらいだろうか。

そこでふと、右頬に強い視線を感じた。振り返ると、階段を上がってきた女の子が僕を強く見つめていた。大きな目に桃色のほっぺたをした、小柄な女の子だった。

安直な僕はもちろん、胸に若干のときめきを覚える。普段女子に近付くことがないせいか、好みの女の子を見かけるだけで髪の生え際が汗で濡《ぬ》れるほどドキドキするのだ。我ながら童貞くさいことだ、と思う。きっとこうやって無駄な汗をかくから若くして生え際が後退していくのだ、とも感ずる。

しかし、僕がどれほど動揺しようが、女子という生き物は僕のことなど気にも留めていないのだ。世の中そういうふうにできている。二十一年も生きてきたのでいい加減わかっている、と思う。

が、小柄な彼女はまっすぐ僕に向かって歩いてきた。女子が僕に向かって接近してくることなど、三年間大学に通ってきて初の事態だった。

——いや、こういう時は後ろのイケメンに向かって近付いてきてるという罠《わな》！

過剰な自意識のために振り返って後ろを確認した僕に構わず、彼女は言った。

「ねえ、中国語1Aの人だよねえ」

後ろには誰もいない。僕に話しかけているのだ。確信とともに緊張が走る。

「うんっ、そうだけど？」

声をひっくり返しそうになりながら返事をすると、すぐ目の前から、黒い前髪の下の大きな瞳《ひとみ》が、こちらをのぞきこんでいた。二つの瞳は美しく、くすんだ蛍光灯の光さえ水晶のように映し込んだ。

鼓動が速くなる。ひょっとしてこれは、僕のくすんだ学生生活を回復するために神が遣わしてくれたエンジェルなのだろうか、という考えが浮かんだ。いやそんな可能性について考えてはいけない、と思いつつ、前頭葉は回転を始め、一瞬にして、これから彼女の話し出すことを都合良くシミュレートする。「たまにしか授業来ないよね。最初見た時から気になってたんだけど、最近見ないから、もう来ないのかなって思ってたの……」「でも会えて良かった」「ねえ、この試験終わったらぱーっと飲みにいかない？」

その辺までシミュレーションが進んだところで、彼女は「あはっ」と声に出してスマイルを見せた。

「そんなとこに書いても、自分じゃカンニングできないでしょー」

彼女の人さし指が、僕の頬を指し示す。と同時に、スマイルはバカ笑いに変化した。事態を把握できない僕が「ええ？」と慌てている間に、彼女は、階段をのぼってきた友だちらしい女子に手招きをした。

「あ、いっちゃーん。来てよー」

「星子《ほしこ》、なにやってんの？」

かなりギャル寄りな、高いヒールのブーツをはいた女子は、僕と彼女の顔を怪訝《けげん》そうに見比べて言った。星子、と呼ばれた黒髪の女の子は、無邪気に笑いながら僕の頬を指し続ける。

「見てよ、これ」

星子ちゃんに言われると、ギャルは大いに吹き出した。

「先生しか見えないっしょ、これじゃあ」

そこで僕はようやく、さっき自分がどんな姿勢でルーズリーフに頬を押しつけていたかを思い出した。シャープペンシルで書いた単語が転写されてしまっているのだろう。

——ああ、やっぱり、そんなことか。

そんなささいなことに、星子ちゃんとギャルは「箸《はし》が転んでもおかしい年頃」的な爆笑を続けている。

「右隣なら見えるかなー」

「つか、ピンイン間違ってるよー。ここ『i』じゃなくて『e』だし」

たぶんふたりとも一年生だった。二つも年下の女子に嘲笑《ちょうしょう》を受けるという屈辱をおして、僕はなんとか愛想笑いをつくった。そして彼女らに合わせるつもりで、軽く話しかけた。

「じゃあ、隣に座る？」

その途端、ふたりはふっと笑みを消して、顔を見合わせて笑い直した。今度は眉《まゆ》をひそめた苦笑だった。くっ、と喉《のど》の鳴る音が聞こえたけれど、どちらが立てた音かはわからなかった。

そこに都合良く「やっべえ、ほんとマジやばいわー」と言いながら、ニットキャップをかぶった男子が近付いてきた。間違いなく、見た顔である。この語学クラスで一番目立って、休み時間にわんわん騒いでいる一年生だった。星子ちゃんもギャルもそいつを振り返って「勉強してないの？　だっさ」「あんたは普通に落ちるでしょ」などと話し出し、僕は至極ナチュラルにその場からはじき出される。

僕は壁によりかかって、少しの間、三人が喋《しゃべ》るのを眺めていたけれども、ある一点で正面に視線を戻した。

――こんなことで傷つかないっすよ。ええ、もう。全然。

自分に話しかける。いつの間にか前の授業が終わったらしく、開いたドアからばらばらと学生が出てきていた。暖房が入った教室から、なまあたたかい空気が吐き出されて、目の前をぐるりと取り巻く。無数の足音と話し声が右耳から左耳へ通り、人の流れる気配がわんと押し寄せてきた。

入れ違いに、三人が教室に入っていく。ドアをくぐるとき、「あたし星子の右隣ィ」という囁《ささや》きが聞こえた。

僕は廊下に立ち尽くす。いつの間にか目線は下向きだ。こうこうと照る教室の蛍光灯の、あまりにも黄色い光が、床にドアのかたちの影をつくっている。教室から漂ってくる暖気の下で、冷え切った廊下の空気がとぐろを巻き、僕の足元をさわさわと浸食した。

――いったいぜんたい、ほんとのほんとに、僕はなにをしているんだろう？

まばたきをひとつする。右を見ると階段を行き来する学生が、左を見ると長い廊下が、特に変わらない様子で在る。けれども僕は、身体全体が温度計のなかの水銀になったように、スルスルと伸びてどこかへ達せそうな、いや、達しなければいけないような、不思議な感触に覆われていた。

僕は教室のドアの前からきびすを返して、学生で混み合う階段を降りていった。

和歌山の、山あいの小さな高校で眺めた窓の外の景色が浮かぶ。あおあおと暗い山並みだけが続く、その景色を眺めながら、僕はいつも東京の大学に行くことを考えていた。大阪じゃなく京都じゃなく、絶対東京だ、と心に決めていた。東京の大学に入れば、なにかすごいものを手に入れられる気がしていたのだ。それは、学歴やお金みたいな目に見える単純なものじゃなく、もっと、目に見えなくても胸を満たすもの。僕はその「なにか」が欲しかった。

たとえば図書館で勉強していたあの女子、ノートにスラスラと中国語を書き付けられるあの人は、それを持っているだろう。友だちに囲まれて、けらけらと無邪気に笑うことができる星子ちゃんだってそうだ。

大学に入りさえすれば、「なにか」が自動的に手に入るのだと思っていた。いや、実際、自動的に手に入る人だっているんだろう。僕がアンラッキーだった、ということも要素のうちのひとつであることは疑いようがない。

けれども、それ以上に、僕がなにもしなかったということがある。銀杏《いちょう》の木の下でただ落ち葉に埋もれていくごとく、劣等感に埋もれて、ひたすら動かないでいた。三年間。

でも僕は、まだなんにもしていない。そしてまだ、一年は残っている。

耳元で脈の打つ音を聞きながら、僕はひたすら前へ前へと足を運んだ。くたびれきったスニーカーの底を、がんがんと地面が打つ。正門へ向かうスロープを下りながら、僕はやがて走り出していた。


金星がまたたく寒空の下を駆け抜け、アパートのドアを開けた。ミカンのにおいと石油ストーブの焦げ臭さ、その他男が発する臭気が押し寄せてくるのに負けず、六畳間に踏み込んでいく。

「なにかしよう！」

僕はこたつに入った陸奥男と仁田を前に叫んだ。ふたりは背中を丸めて座ったまま、呆《あっ》気《け》に取られたように僕を見上げた。先に口を開いたのは何故か編み物をしている陸奥男だった。

「とうとう狂人が出てしまった。まさか原田君が最初だとは……」

「さてはアレだろ、試験受かんないって悟ったんだろ。まだ六時だし。それでぷちっといっちゃったんだ、カワイソー」

仁田も週刊誌をこたつの上に置いて同調した。開かれたページは巻頭グラビアで、猫目の女の子が白い水着を着て体育座りをしている。僕はその週刊誌と、陸奥男の毛糸玉をこたつから下ろしたうえで、天板に身を乗り出して言った。

「僕らすっごいなにもしてこなかったと思わない？」

陸奥男は編み物を横に置いて「いや、それは原田君だけだろう、俺は書見をしていたし」と腕組みをした。仁田も「そうだよ、俺は小説書いたしマンガ描いたし映画の構想も練ったし」と平然と語る。

「だって陸奥男は『書見』の結果を論文とかでアウトプットしたわけじゃないだろ。仁田だって一本も作品仕上げてないし！　もっとなんかしようよ！」

自分がいつもの倍ぐらいのスピードで口を動かしているのがわかった。ふたりの反応がやたらとスローモーに感じられる。

「いやあ、原田君、だからこれが俺たちの精一杯なわけで……」

「おい、『俺たち』って一緒にくるなよ。俺はまだ映画撮れるよ。そのうち日本のゴダールって言われちゃうような」

——ああ、もう。

「だから！　そのグダグダ状態から抜けようって言ってんの！」

僕は思わずこたつの天板を叩《たた》いていた。ふたりは肩を跳ねさせて僕を見た。「原田君らしくない」「エロゲー原田のくせに」と戸惑いの言葉が飛んでくる。僕は「いいから」と言ってそれを一蹴《いっしゅう》した。

「今すぐなんかやろう。三人居れば、なんかできるだろ？」

ふたりが黙り込む。かすかだけれども、僕の勢いにおされているのがわかる。

石油ストーブがちりりと音を立てたのを合図にしたように、陸奥男がゆっくりと口を開いた。

「原田君、我々はいつもその『なんか』を探して迷っていた結果、ここに吹きだまってるんじゃないのかな」

その言葉に、僕は少なからず肩をこわばらせてしまった。確かに、陸奥男の言う通りなのだ。「なんか」が見つけられないからここにいる――僕も、陸奥男も、仁田も。

そこに仁田が「そうだよ」と畳み掛けてきた。

「できるんだったら最初からやってるだろ。できないからやってないんだよ、俺らは」

まったくそうだ。理屈としてはわかる。僕たちは無能だからこそ、この魔窟《まくつ》に居るのだ。大学へ行かず、サークルへ行かず、バイトへ行かず、近所の雀荘《ジャンそう》にも渋谷にも歌舞伎町にも行かず、マックスにインドアな生活を送っているのだ。この僕たちになにができる？

そう考えるとひるみそうになる。

――けど。けど。

「そういう理屈はもうたくさんなんだよ！」

心のなかの摩擦エネルギーを吐き出すようにして、僕はもう一度こたつの天板を叩いていた。

一秒遅れて手のひらにしびれが走る。部屋には再び沈黙が訪れた。陸奥男と仁田の視線が、僕の伏せた頭に注がれているのがわかる。

「僕は今、動きたい……気がするんだ」

最後は力ないつぶやきになってしまった。ここではっきりと言い切れないところが僕の弱さだった。

けれどもこたつの辺から反応は返ってきた。

「『なんか』かあ」

顔を上げると、仁田が無精髭《ぶしょうひげ》をさすりながらこちらを見ていた。「『映画』は？」と提案される。横で、陸奥男もまんざらでもない顔になって座っていたから、僕は少し嬉《うれ》しくなった。

「うーん、『映画』とか時間がかかるやつだとまたグダグダになるかもしんないし、もっとダイレクトなやつがいいな」

僕の言葉に、仁田は文句を返すかと思いきや、「ダイレクトかあ」と少し考えるようにひとりごちた。

「……『バンド』？」

再び仁田が提案する。「楽器ないからねえ」と僕が言うと、今度は陸奥男が口を開いた。

「『哲学書の朗読』などはどうか」

「マニアックすぎるよ」

僕が断ると、また横から仁田が口をはさむ。

「ハコが欲しいからねえ」

また断ると、「ほらっ、結局そうやってなんにもできないんだよ、俺らはよ！」と仁田がキレた。けれども同時に、陸奥男がつぶやいていた。

「『演劇』とか？」

「『お笑い』？」

ふっと空気が静まり返る。一瞬、無音状態があった気がした。

「……ああ」

仁田がつぶやいて、静寂が破られる。僕はまだ少しぽかんとしながら、「お笑い」の可能性について考えている。

——この三人で、お笑い。

さえない、もてない、ぐうたら、ネクラ……自分たちの欠点が、何故かその瞬間に反転して見えた。生かせるんじゃないか。三人とも無駄に特徴的な風貌《ふうぼう》をしていて（なにしろ、デブ・しゃくれ・若ハゲだ）、仁田と陸奥男はキャラが立っている。そしてお笑いは、ネタさえ作れば今すぐできる。その気になれば、路上ライブだってやれないこともない。だいたい僕らには大学のキャンパスがある。

「やべ、ひょっとして行けんじゃねーかとか思っちゃったよ俺」

仁田がつぶやいた。見ると、卑しく薄い唇が、妙な形に歪《ゆが》んでいた。嬉しさをこらえているように見える。

陸奥男も、故意に眉《まゆ》を寄せているようだけれど、頬がゆるんでいるのがわかる。浮つきかけた声を抑えるような調子で腕組みをした。

「しかしこの三人では共通のネタがないだろう。普段から話題がバラバラだし」

「共通ねえ」

仁田が唇の歪みをむにゃむにゃと直してからため息をつく。確かに共通のトピックというのは難しい。少しでも興味の方向がかぶるところがないと、どこからネタを引っぱってくればいいのかわからない。

肩を落としかけた時、畳の上に置いた仁田の週刊誌が目に飛び込んできた。表紙で、さっきの水着の女子がポーズをとっている。それで僕は思いついてしまう。

――やばい。

「童貞？」

思わず疑問形で口にしてしまう。こたつの二辺から、強い目線が僕に向けられるのがわかった。

「それだ」

仁田と陸奥男が、ほぼ重なるように言った。

「それっ、なんかイケんじゃねえ？　面白くねえ？」

仁田がとうとう笑い出す。陸奥男も満足げにうなずきながら言った。

「さすがに二十歳過ぎて童貞の三人がお笑いをやるというのは珍しいだろう」

ふたりはいつになくフレッシュな顔をしていた。目の輝きなど、別人のようだった。突如として、六畳間全体が輝き出す気がした。ホコリをかぶった本も、なぜか押し入れのそばに脱ぎ捨てられた誰かの靴下も、ミカンの山の横に置かれたチラシで折ったゴミ箱も、すべてが液晶ハイビジョンテレビのCMの「従来のブラウン管テレビとの比較」のごとく鮮やかに塗り替えられていく。

この六畳間は僕たちが腐りゆくための魔窟ではない。栄光の舞台へ行くための過程なのだ。――などと、大げさなことを考え始めている自分がいる。

僕ははやりだす胸を抑えるために、ひそやかな深呼吸をしてから宣言した。

「童貞だ。童貞ネタで行こう‼」

それからの三時間は、多分僕の人生のなかで最も短い三時間だった。短距離走者になって、そのスピードのままで三時間走り続けたような気分だった。

仁田がペンを取って、ネタ作りの中心になった。いつもはミカンの皮を捨てるゴミ箱を折るために使われているチラシが、台本用紙に変わる。猥談《わいだん》をする時と同じようにぎゃんぎゃん騒いで、一時間程度でネタは上がった。次の一時間でそれぞれ台詞《せりふ》を暗記し、ちょっとやってみて、ダメ出しをし合って台本を書き直した。最後の一時間で台本を五回通した。

「学校に行こう」

僕が言い出したのを、仁田も陸奥男も拒まなかった。コートやジャケットを着込んで、年単位で洗っていないスニーカーをつっかけ、外に出る。時計を見ると九時ちょうどだった。キャンパスに着くと、ちょうど七限が終わる時間に当たる。

月は高くのぼり、ぎらぎらと光を放っていた。東京の街灯《あか》りに照らされて、雲が白く浮かび上がっている。吐く息も真っ白く後ろになびいた。神社の横を通る坂を、三人で縦一列になって下った。ダウンジャケットに首まですっぽりうずめた陸奥男が先頭を切り、ぶつぶつと自分の台詞を確認し続ける仁田が最後尾を守り、僕は真ん中を歩きながら月を見ていた。

「いいのかね、キャンパスでコントなんかやっちゃって」

おもむろに仁田が言い出す。「弾き語りとかは勝手にやってる奴いるじゃん」と僕が言うと、今度は陸奥男が振り返って言った。

「誰も振り向かなかったらどうするべきだろう？」

僕は少し呆《あき》れながら、「別に恥かいても、知ってる人いないんだから大丈夫じゃん」と返す。

「ふたりとも結構心臓ちっさいなあ」

そうつぶやくと、仁田はケケケと声を立て、陸奥男も肩を揺らして笑った。「お前には言われたくないね」と後ろから仁田の声が飛ぶ。僕は苦笑を返しながら、ポケットに突っ込んだ手をぎゅっとにぎった。汗だらけの手のひらに、爪が食い込む。確かに緊張はしている。さっき星子ちゃんと目が合った時より、遥《はる》かに脈が速くなっているのがわかる。でもそれは、いやな緊張じゃなかった。

葉っぱの落ちた銀杏《いちょう》の木の枝に、星がぶらさがって見える場所を選んで立った。校舎の窓灯りがひとつずつ消えていくなかで、僕たちの最初のステージは始まった。

「こんばんはー、童貞メガネーズでーす！」

「って僕はメガネかけてませんが」

「三人とも生粋の童貞でございます」

九時十分。七限が終わって、校舎からはばらばらと人が吐き出されていた。正門へ向かうスロープの前に立っているけれども、夜間部の人口自体が少ないせいか、まったく混雑は感じられない。昼の学生が見たら、「人影まばら」と判断することだろう。夜間学生は群れる習性があまりないので、よけいに少なく見える。そんな少ない人通りのなかで、立ち止まる人はいなかった。自己紹介の間に僕たちの前を通る人は、こちらをちらりと横目でうかがうだけで、なんの反応も見せない。なんかへんなことやってるのがいるなあ、程度にしか思われていないようだ。

「はいみんな、ちょっと止まってー。キモかったら遠巻きでいいから、えっと、その柱の陰あたりでじゅうぶんだから、僕たちを見てー」

仁田がアドリブで呼びかけてくれた。堂々としたものだった。通り過ぎる女子が、くすりと喉《のど》を鳴らすのが聞こえた。それでもなかなか立ち止まる人はいない。

「コント行きます。『新学期』」

陸奥男が仕切って、ネタに入る。僕はすばやく陸奥男の足元にしゃがみ込み、仁田はぱっと身をひるがえして離れたところに立つ。陸奥男は少々手持ちぶさたな感じに立って、つま先で地面を蹴《け》ったり、腕時計を見たりしている。

ここで僕の台詞。

「うっわー、今年最初の授業だぞー、やっべえ。もう帰りてえよ」

陸奥男の足元で膝《ひざ》を抱えたまま言う。陸奥男の「心の声」役が僕なのである。部屋でやった時はつぶやき程度にしていたのだが、空の高さを意識して、声量を上げた。そこに仁田が、きょろきょろしながら近付いてくる。ここで僕が二つ目の台詞。

「うわ、女子だ！ たぶん同じ授業の子だ！」

仁田が「女子」の役だ。必要以上に内股《うちまた》で歩いてきて、陸奥男の横に並ぶ。陸奥男は少し落ち着きをなくして、つま先でさらに激しく地面をトントン蹴ったりするが、表情はあくまで平静である。

「話しかけられたらどうしよう……俺童貞だからキョドっちゃうよ。でも話しかけられなかったらそれはそれでショッキングです」

僕は膝を抱えながら地面に「の」の字を書き始める。そこで仁田の甲高い女子声が上から降った。

「……ここの教室って『フランス文学演習5』？」

「きたあああ！」

すかさず悶絶《もんぜつ》する。仁田と陸奥男が立っているだけであまり動かないぶん、僕はめいっぱいのたうちまわる、という打ち合わせをしたのだ。冷えきったアスファルトに尻《しり》をこすりつけながら首を前後にぶんまわす。それをぴたりと止めたところで、陸奥男の声が入る。

「はい、『フランス文学演習5』です」

ここからは見えないけれど、台本上、陸奥男は無表情のはずだ。僕はその足元で「敬語使っちゃったよおおおお！　フランクさ大幅減！」と、再び悶《もだ》える。コントは基本的にこれの繰り返しである。男子学生である陸奥男が、女子学生役の仁田と会話する横で、僕が童貞の心の叫びを表現していくのだ。

それだけといえばそれだけで、もしかすればピンのほうがよっぽどやりやすいネタなんじゃないかという疑いがある。しかもオチが、ロマン＝ロランの代表作「ジャン＝クリストフ」を「ジャン＝クリトリス」と言い間違えるという超くだらない下ネタだ。

台詞を忘れないようにするだけで精一杯かと思ったのに、コンクリートの上で黙るたび、通り過ぎる誰かの声が耳に入ってきた。たいがいが、今終わったばかりの試験の話をしていたけれど、中には「なにあれ」「試験受けないであういうことするのがカッコいいって勘違いしてんじゃない」などという囁《ささや》きもはっきりと聞き取れた。そして、そういう人の冷たい目線は主に自分に向けられている気がする。

けれども、もう恥じらいはない。恥じらっている場合じゃないのだ。僕はあの魔窟《まくつ》に、劣等感と無力感の底に、これ以上居座ることができない。

――あがかなくては。叫ばなくては。

「っていうか名前ってどのタイミングで訊《き》けばいいのよ?」

「うわ、イケメン寄るな! お前もう童貞じゃないんだからいいだろ!」

「すぐさま、貧困ながらエロい妄想を繰り広げてしまう自分が嫌です!」

夜のキャンパスに、僕の叫びが吸い込まれる。それは実際には、僕ひとりでなく、僕たちの叫びだ。

石油ストーブとこたつと汗でぬるく暖められた部屋に慣れた耳たぶに、きりきりと冬の夜の寒さが染みた。アスファルトをずるずる擦るスニーカーの音、女子の硬いヒールの足音、目の前を素通りしていく足音が、また僕の耳を刺してくる。きっと、陸奥男も仁田も、同じようにきんきんと耳たぶを冷やしていることだろう。

それでも、声を発するたびに、胸の奥がかっかと照った。きっと誰かが笑ってくれる。通り過ぎるだけの足音のなかに、嚙《か》み殺した笑いが交じっている。祈りや願いを遥かに超えた思い込み、かっこ良く言うなら「確信」というものが、僕の指先とつま先まで強い力で満ちているのだ。

僕はもう青春のどん詰まりに居ない。さっきスロープを駆け下りた時に、あっさり突き破ってしまったのだろう。

これを言って顔を上げたら、あの校舎の柱の陰から、星子ちゃんとその友だちが笑ってこっちを見ている——そんな絵を思い浮かべながら、僕は手の汗を握りしめて最後の台詞《せりふ》を発する。

いちごに朝露、映るは空

それは、イトーヨーカドーの年に一度の大バーゲンよりもずっと窮屈で、客引きだらけの駅裏の飲み屋街みたいに乱暴で、おまけにあの入試の日よりも息苦しかった。

　地下鉄の駅から、入学式へ向かうまでの道のり。いや、道なんてない。新入生も在学生もなく、学生と思われる人たちが隙間なくうごめきながら、ずるずると会場に向かって流れていて、私はその濁流に呑《の》まれた小さな木片だった。スーツに合わせて買った新しい革靴は、ときどき、履き古したスニーカーやきらきらする飾りのついたピンヒールのパンプスに踏まれた。足元に注意して歩きたいけれど、テレビで見る外国の貧民街の物乞《ものご》いみたいに横から手が伸びてきて私の肩をつかむから、どうしても顔を上げるはめになる。

「ね、ね、一年生？　オールラウンドのサークル、入んない？」

「将棋に興味ありませんかー！」

「チアリーディング部です。よろしくお願いします」

「今夜飲み会やりまぁす！　一年生はもちろんおごり！　アルハラないから安心して来てねー」

　声をかけられるたび、「あ」とか「う」とか言ってサークル勧誘のビラを受け取るのだけれど、次の瞬間にはまた別の手が伸びてきている。ベルトコンベアに乗せられて横からちょっかいを出される百円のパンになった気分だった。

　式の会場まではどれくらいあるんだろう。右足を出すついでにぎゅっと背伸びして先を見たら、やっと校門らしきものが見えた。けれども校門までの間も、つめすぎたドミノみたいに学生で埋めつくされている。ところどころに、ベニヤ板にペンキで手描きしたような雑なプラカード（もちろんサークル名らしきものが書いてある）が頭を出しているのを見ると、私は蜘蛛《くも》の巣に待ち構えられた羽虫のような気分になって、おかあさん、と心のなかでつぶやいた。右手にはサークルのビラが溜《た》まっていく。ピンクに黄緑、水色黄色。色とりどりすぎて、なんだか、ポリバケツに捨てられた野菜くずみたいだった。よく見ると、足元にもその野菜くずに類似したものが散らばってアスファルトを覆い隠している。

　やっと校門をくぐって、会場ホール前の広場に出たところで、短くなってしまった歩幅でよちよちと人の流れを外れた。みんなが入っていく体育館と逆のほう、銀杏《いちょう》の並木に向かって歩いていく。並木の下にはベンチがあったけれど、ホールから離れれば人影がないというわけではなく、ひと息ついているらしいサークル勧誘の学生が席を埋めていた。「しかし一年つかまんねえなあ」「しょうがないだろ、『昆虫の交尾研究会』なんだから」という会話をして三年生くらいの男子が笑い合ったのが聞こえた。彼らも例のプラカードと勧誘ビラを持っている。ふと目が合った瞬間、ねらわれた気がしたので、私は思いっきりそっぽを向きながら奥のベンチ目指して足をすすめた。

　ふくらはぎが痛い。慣れないストッキングがかゆい。人の声のしないところへいきたい。

奥の校舎に突き当たるまで規則正しく並んだベンチが、すべて埋まっているのを見ると、私は泣き出したくなってしまった。おかあさん、ともう一度心のなかで呼んで、たぶん今も山奥の町のビニールハウスで痛む腰を曲げながら作業をしているお母さんと、温室のなかのあざやかないちごの葉の緑を思い浮かべたら、いよいよ鼻の頭が熱くなってきた。

――大学が、こんなに騒々しくてあつかましい場所だったなんて。

もう帰りたい、と思った瞬間、すぐそこのベンチに座っていた髪の短い女の人が顔を上げた。膝《ひざ》の上でめくっていた書類の束らしきものから手を離し、こちらへじっと視線を送る。

「……一年生？」

彼女はひとりだったけれど、ベンチの上に、横断幕らしきものと例のビラ、それに拡声器まであるのが目にとまって、私は警戒心を高めた。しかし彼女は、てきぱきとそれらを小脇に抱えると、ベンチを立ってこちらに言った。

「人酔いしたんじゃない？　座る？」

思いがけず通りすがりの人に助けられた子どものように、私はお礼を言うのも忘れてただそこに座った。あ、でもこうして恩を売っておいてサークルに引っぱり込む気かも、と思った時には、彼女はこちらに背を向けるかたちでコンクリートの上に座り、作業を再開していた。そこで私は初めて口を開いた。

「あの。ありがとうございます」

ベンチの上から声をかけると、彼女は振り返って軽く微笑んでくれた。いちごの白い花みたいな微笑だった。

「まいっちゃうよね、人が多くて。私も一年生の時には『大学なんて入るんじゃなかった！』って思った」

その言葉に安心して顔の肉がほぐれた。今まで自分の眉《まゆ》が八の字になっていたことに気付く。先輩は「すぐ慣れるよ。大丈夫」と言うと、また手元の書類を読み始めた。

背もたれによりかかって空を仰ぐと、銀杏の若葉が、赤ちゃんらしい頼りない色の葉を広げているのが視界いっぱいに入ってきた。その向こうには春の陽射しがある。実家のほうの四月とは比べものにならないあたたかさだった。

——ああ、今日はいい日なんだな、ほんとうは。

少し目を閉じて、顔じゅうに降り注ぐ日光のあたたかみを味わったあと、ベンチを立った。開式の時間がすぐそこまでせまっているからか、人波はいくらか引いている。先輩にもう一度お礼を言おうと思ったけれど、ちょうど仲間らしい人に呼ばれて立ち上がったところだった。仕方なく、そのまま歩いていく。

私はきゅっと背筋を伸ばして、会場に向かって流れ込んでいく濁流のなかに一歩踏み込んだ。


小さな町で育った。そこもそこなりにいろんな悲しいことやおぞましいことはあったけれど、東京に出てきた今振り返ってみると、まるでお伽話《とぎばなし》のなかの町みたいだったな、と思う(大学まで地下鉄で数駅の安アパートに引っ越してきて、まだ二週間も経たないけれど)。夏は川がきらきらして、冬は雪がぼんやりと光った。

ただおだやかに循環する四季のなかで、ずっと勉強をしていた。それは受験生だった時期のみの話ではなく、ほんとうにずっとだ。小学生の頃は、ただ問題が解けるのが楽しくて。中学に入ってテストの順位が出た時、初めて自分の「勉強」が一種の特殊能力だったことを知った。そこからは東京の大学を見据えるようになった。

お母さんは中学を出てすぐ家業の農業を手伝い、そのまま働き手となった人だった。私が返ってきたテストを見せると、いつも、爪に泥のこびりついた手で頭を撫《な》でてくれた。「道子はお父さんサ似だんだなあ」と。お父さんははじめから居ない。はじめから居ない事情について、お母さんもおじいちゃんもおばあちゃんも、話さない。話さなくていいことなんだと思う。ただ、どこかに居るかもしれないお父さんに向かって、素敵な特技をありがとう、と祈るように思うことがあった。

素敵な特技。そうだ。勉強ができれば、科学者なり政治家なり法律家なりになって、世の中をよくすることができる。東京の大学に行って、きっとそういう人になるんだ。……と、田舎町の私は神様を疑えない修道女のように、ひたむきに、真面目に、そう思っていた。

だからまず、入試会場に着いた時点でガツンとやられた。大教室の席を埋めつくした受験生——つまり、春からの同級生候補である人たち——が、まるきり修道者っぽくなく、音漏れのするウォークマンを耳に差し込んで机が鳴るほどの貧乏揺すりをしていたり、携帯でちこちこメールを打ったりしているのを見て、衝撃を受けないわけがない。一瞬で、自分のほうがおかしかったのだと悟った。だいたい、セーラー服に膝丈スカート、八十デニールのぶあつい黒のタイツに高校の指定カバンなんかで会場にやってきたのは私だけだった。ひょっとして、この教室に居るいろんな遊びを知っていそうな人たちはみんな受験で淘汰《とうた》されるんじゃないかしらと思ってみたけれど、思うそばから無理な考えだとうすぼんやりわかった。

そうして、入学式の会場に着くまでの間に、それが確信に変わったわけである。

紅白の幕で壁面を埋めたホールのなかで、式は進んだ。中学校や高校の体育館とは比にならない広さのホールに、パイプ椅子と一緒に詰められて、ともすると私は、笹舟に乗せられた指人形のような気分にならざるを得なかった。これからどうなるんだろう。どうなってしまうんだろう。先が怖くて、いっそ舟を飛び出してしまいたくなる。

無意識のうちに、前のめりになって膝の上でぞうきんでも絞るように両方のこぶしをにぎりしめていた。そういう時私は、さっきベンチを譲ってくれた先輩のことを努めて思い描くようにした。ああいう人だって大学には居るのだ。

そういえばあの先輩の首筋はまっしろくきれいに伸びていた、ということを思い出した。細かったけれど、ほら貝のさきっぽみたいに内側から丈夫に見えた。

った。

——あんな先輩がいるサークルって、どんなだろう。横断幕かビラか、見ておけば良かった。

小学校や中学校とそう変わらない段取りで式はおこなわれ、最後に外交官と有名なエンジニアの人がそれぞれ三十分くらいの演説をして、終わりになった。また来た時と同じ道をたどって帰らなくちゃならないのか、と思ったけれど、体育館を出たところで足が止まった。視界の端に、見覚えのある顔があったからだ。まちがいさがしで目に飛び込んでくるささいな相違点みたいに、それは自然と私の目を引いた。

短い襟足。たぶん踏み台か何かに立っているのだろう、人混みから頭ふたつぶんくらい飛び出して、さっきの先輩の横顔が見えた。彼女の手には拡声器がある。

「今やアメリカ軍の戦死者は二千人を超えています。ましてや、アフガニスタンとイラクで戦争に巻き込まれた犠牲者の数は……」

演説をしているようだ。先輩の手前には、二人の男子学生が立って、横断幕を支えている。赤字と青字をところどころ使い分けながら「日本を侵攻国に堕《お》とすな！　憲法九条を死守せよ！」と書いてあった。ペンキがところどころ垂れて、なんだかお化け屋敷の看板みたいにおどろおどろしい感じになっている。

何故離れたところから横断幕が読めるかというと、先輩たちの前だけ、ぽっかりと人混みに穴が空いているからだった。ホール前の広場の一角。磁石で反発力が生まれるように、スーツの新入生もラフな恰好《かっこう》の在学生も、そこを避けて歩いている。避けるだけでなく、顔も背けているように見えた。不思議な光景だった。

　私は人の流れに逆らいながら、またよちよちと先輩の前まで歩いていった。先輩は途中でこちらに気付いたように目を留めたけれど、特に合図を送ったりはせず、淡々と演説を続けた。

「日本は今、変わろうとしています。不戦を誓った憲法を改め、戦前と同じ国になろうとしています。私たちはここで、ただ指をくわえて見ているだけでいいのでしょうか」

　私はハンドバッグを肩から下ろして、その場に足を落ち着けた。横断幕を支える男子学生の片方が、手を伸ばしてビラをよこした。受け取って読まずに持っていると、彼がちらちらとこちらをうかがうのがわかったけれど、気にしないようにして先輩を見上げていた。話の内容に惹《ひ》かれたわけじゃなく、単純に、先輩のたたずまいに吸い寄せられたのだった。

　拡声器を持っていないほうの手が、話に応じて自然な程度に動く。指先までぴんと力が張っている。先輩の視線は動じない。たくさんの人が顔を逸《そ》らして通り過ぎていくなかで、毅然《きぜん》と前を見ていた。ジャンヌ＝ダルクみたい、と見たこともないくせに思った。

　結局、人が引けるまで十五分くらい、演説は続いた。さっきまでの騒々しさが信じられないほど人気がうせた広場に、踏みしめられた無数のビラが残った。ここから対角線上の桜の木の下に、もうひとつ小さな仮設ステージがあって、そこだけは大いに盛り上がっている。「童貞メガネーズ」という（あんまりな名前なので私の読み間違いかもしれない）

垂れ幕を掲げて、男子三人がコントか何かをやっているらしい。そちらの客は高校のクラスひとつぶんくらいは居た。時々どっと笑い声が弾《はじ》ける。一方で、こちらの演説の聴衆は私ひとりだった。

先輩は最後に、春の空に礼をするようにきっちりと頭を下げ、踏み台を下りた。そうしてすぐにこちらに目をやり、初めて照れくさそうに頬を持ち上げて笑った。

「青臭く聞こえなかった？」

その一言目に少し驚きながら、私は「いえ」と首を横に振った。先輩は笑みを苦笑に変えた。

「でもみんなこっちのこと見もしなかったよ。まだまだ力不足だなあ」

「そんなこと……」

先輩があっさり自己評価を口にするので、何故か私が恥ずかしくなってしまった。シャツの腋《わき》の下で汗が滲《にじ》む。先輩はそれに構わない様子で、またあっさりと「お茶でも行かない？」と言った。

「すぐそこに、チーズケーキのおいしい店があるの。通りからちょっと引っ込んでるから、そんなに混んでないと思うよ」

少し返事を迷ったところに、横から、横断幕を畳んでいる男子学生が「僕らも行きましょうか」と声をかけてきた。先輩はそれをぴしゃりと断った。

「いいよ。君らがいると変に場が緊張しそうだもの。二対二じゃ、さえない合コンみたいだし」

　男子はなんとなく肩を落としたように見えたけれど、先輩は「あっ、さえないってこの人たちのことだからね！　あなたも私も超いけてるから！」と妙なフォローを入れてから、軽く私の肩を叩《たた》いて歩き出した。ふと振り返って、男子ふたりに「じゃ、あと片付けといてね」と言い残す。たぶん先輩が三年生で、男子ふたりは二年生なのだろう。

「行こ」

「は、はい」

　返事がどもってしまった。さっき遠くから見た凛々《りり》しい横顔がすぐ傍にあって、どきどきする。

「名前訊《き》いてなかったね。私、及川《おいかわ》緑。あなたは？」

「中野道子です」

　人のはけた校門に、降りかかるように桜が散っていた。今年の桜は少し早かったらしい。少しだけ、葉っぱが顔を出している。かすかに葉の先が揺れる様は、初めて外に出たまだやわらかい生き物が、ふうふう呼吸をしているように見えた。

　表通りから駅に向かい、先輩の案内で右の路地に入ると、小さな喫茶店があった。入り口が二階で、しかも通りから看板が見えないから、見つけにくい店なんだろう。それでも在学生が勧誘に疲れてひと息つきにきているらしく、私たちが座るとちょうど満席になった。不思議と窮屈な感じはなかった。

注文を済ませると、緑先輩は「ビラ、見た?」とすぐさま本題に——予想通り、サークルの話に——入った。私が「あっ」と言って、右手に握りっぱなしだったビラをテーブルの上に出すと、「いいのよ」と穏やかな返事がかえってきた。

「あんまりとっつきやすいビラじゃないよね。もっとポップにしたらって提案したことがあるんだけど」

緑先輩は無造作に中指をビラの上に置いて、くすりと喉《のど》を鳴らした。一色刷りのビラには、現政権を批判する大見出しと、その下に長ったらしい文章、とにかく文字ばかりが並んでいる。隅に写真らしきものがあって「三・一二デモの様子」と説明が添えられていたけれど、黒いかたまり(人の集まりらしい)が見えるだけで、ロールシャッハテストみたいだった。一番下に、「不戦をうったえる会」という字と代表の連絡先が入れてあって、私は初めてそのサークルの名前に気付いた。

「まあ、楽しいとか彼氏ができるとか、そういうサークルではないね」

テーブルの向こうで、緑先輩が頰杖《ほおづえ》をつく。そんなポーズをしても、指先はやっぱりぴんときれいだった。

「でも、まあ、大学に遊びにきてるわけじゃないから。あなたもそうでしょ?」

私がうなずくと、先輩は静かに語りはじめた。活動内容から入って、日本が今どれだけ戦争に傾いているかとか、イラク戦争で何万人の死者が出たかとか、演説とかぶる部分もあったし、先輩がどういう意志で大学に入ったのかという個人的な話もあった。

「私は純粋に、なんとかしなくちゃと思ったの。この国をね。もっと、いい方向に変えられるはず……途方もない話に聞こえるかもしれないけど、でも、黙ってはいられなかったの」

私は普段、戦争について考えたり、国のゆく方向を考えてニュースを見たりすることはなかったのだけれど、先輩の言うことはするすると入ってきた。話をする先輩の目が、ひとつの星を宿していたからだ。大きくも強くもないけれど、なにものにも侵されない光。修道女の目だ。

テーブルにチーズケーキと湯気を立てた紅茶がやってくると、先輩はさっき演説台を下りたときと同じように笑って、フォークを手に取った。

「ややこしい話はこれで終わり。次は中野さんの地元の話でも聞こうかな」

私はチーズケーキを崩しながら、いちごのなる町のことをおずおずと話し始めた。先輩はうなずいたり質問をしたりしながら、どんどん話を引き出してくれる。チーズケーキの欠片《かけら》が減るにつれて、四月の不安もぽろぽろと崩れてなくなる気がした。

最後に携帯の番号を交換して別れた。「今度はごはんでも食べようか。おいしい韓国料理屋があるんだ」と先輩は言った。サークルに入れと言われると思っていたので、少し拍子抜けした。

身体検査やオリエンテーションをはさみつつ、入学式から十日も過ぎた頃、やっと授業が始まった。

必修の授業がいくつかあり、それを一緒に受けるメンバーが「クラスメイト」だった。自分の教室がないのに「クラスメイト」がいるというのは不思議だった。決まった席順もない。どこに、誰と座ればいいのかすごく戸惑う。女の子たちはみんな、同年代と思えないくらい隙のない化粧をしていて、髪なんかもきれいに巻いているから、声をかけるのに躊躇《ちゅうちょ》した。結局、一番前の席にひとりで座ることが多くなった。大学の大きな教室は天井が高くて落ち着かなかった。

一人暮らしの部屋にも、いつまでたっても馴染《なじ》まなかった。買ったばかりのカーテンがよそよそしい。たった六畳ぽっちの部屋なのに、隙間がたくさんあった。テレビの上にあるこけしとか、薔薇《ばら》のもようがついたテーブルクロスとか、実家にはムダなものがたくさんあったけれど、そういうものこそが生活のあかしなんじゃないかなと思った。テレビも、気が付くと主電源から切っていて、静電気の気配さえ部屋にはなかった。コンビニで夕飯を買ってきて、食べて容器を捨ててしまうと、することがない。小さなテーブルの隅に置いた携帯電話は鳴らない。せまいキッチンの隅でゴミ袋がカサリと鳴るのがやけに目立って聞こえた。

「電話はあんまりしねがらな」

実家を出る前の晩、お母さんがりんごを剝《む》きながら言った。

「友だち作らねばダメだど。お母さんは、東京のことはよくわがんねけど……友だち居れば、なんでもなんとがなるべ。いづまでも家のごど頼りにしてらってどうにもなんねもの。早ぐ東京サ慣れれ」

それを思い出すと、テーブルに額を押しつけて、泣きそうになるのを噛《か》み殺さなくてはならなかった。卒業式の時、買ったばかりの携帯で番号を交換し合った高校の友だちからも、電話は来ない。みんなはこんなふうにひとりぼっちを知る間もなく、新しい場所に馴染んだんだろうかと思うと余計に心細くなった。

そんな夜、緑先輩から電話が来た。

「今まだ学校に居るんだけど、出てこない？　どっかで夕飯食べよう。それとも私がそっち行こうか？　邪魔じゃなきゃ、スーパーで材料買ってってなんかつくるし」

私は遠慮もなにもなく、来て下さいっ、と受話器の向こうに言ってしまっていた。駅名を告げ、駅前からは電話で道順を伝えた。先輩は三十分くらいで来てくれた。ホウレン草の葉が飛び出たスーパーの袋を片手に持って。

台所に一本ともる蛍光灯の下で、先輩はベーコンとホウレン草の炒《いた》め物、それに油揚げのお味噌《みそ》汁《しる》をつくった。それはたどたどしいつくりかたで、先輩も完璧《かんぺき》じゃないんだなあ、と思ったけれども嬉《うれ》しかったので何も言わなかった。

ふたりでごはんを食べた。がらんと空いているように感じたテーブルも、ふたりぶんの食事を並べると狭かった。

「学校慣れた？」

「全然……なんか、女の子みんなきれいだし。気後れしちゃって交じれないです」

「わかるー。きれいすぎっていうか、きれいの源としてのお金がどこから出てるのか不思議じゃない？　あと、手間と時間も。四次元ポケット持ってるとしか思えない」

「あはは」

お喋《しゃべ》りをしながら食べて、お皿を洗うと、先輩はあっさりと玄関に立った。まだ八時過ぎだった。

見送りにアパートの外階段まで出た。「淋《さび》しい」が顔に出ないようにしようと気をひきしめた時に、先輩が言った。

「淋しかったらいつでも部室に来なよ。第二学生会館の、五階二号室。午前中はだいたい居るから」

私が「あ」と返事にならない声を出すと、先輩は口角を引いて少し笑ってから、階段を駆け下りていった。

結局、私は三日後の空き時間に部室を訪ねることになる。ドアをノックするまでにものすごく緊張したけど、部屋に入ったらすぐに、ソファに座っていた緑先輩がこちらを見て立ち上がったので、胸が緩んだ。

「中野さん！　来てくれたんだ」

えへへ、と私がしまりなく笑うと、先輩はその場にいる人に向かって私を紹介してくれた。

「こちら、一年生の中野道子さん」

部屋には緑先輩以外に女の人はいなかった。窓にもたれるようにして立っている、いかにも神経質そうな銀縁メガネの男の人がひとり、本棚の前にはフォークソング時代風の長髪をした人がひとり、そしてソファには坊主頭の比較的童顔な人がひとり。よく見ると、坊主の人は入学式に横断幕を持っていた片割れだった。男子三人は、ばらばらな見た目をしていたけれど、どうもみんなしめった感じがした。

部室も、思ったよりもずっと狭く、彼らと同じにおいがした（というか、彼らが部室と同じにおいになってしまったのかもしれない）。壁と壁の間は、学生が二人両手を広げれば足りるくらいの幅で、そこに無理やり対面ソファを置いている。いかにも「拾ってきた応接セット」らしく、黒い革が裂けてスプリングが露出しているところがあった。ソファの向こうに本棚が二対。これも錆《さ》びたスチール製で、ぎゅうぎゅう詰めにされた本のせいか、中板が思いっきりたわんでいた。そして壁一面に、得体の知れない紙がべたべたと貼られていた。傍にある一つに目を凝らすと、ルーズリーフに、ベビー服を着た首相（と思われる人物）がデフォルメして描いてある、要するにラクガキだった。隣にあるのは新聞の切り抜きみたいだったけど、細すぎる活字にマイナー感が出ている。機関紙かもしれない。ビラでも見た、「三・一二デモ」という字が見出しにあった。サークルの主な活動内容は、勉強とその成果の還元（つまり演説など）と聞いていたけれど、こんな風にデモに参加したりすることもあるのかもしれない。

「座って」という声でふと我に返ると、例のきれいな微笑みをたたえて緑先輩が立っていた。はきだめに鶴、という言葉を思い出してしまい、イカンイカンと首を振る。この男子たちだって、話せばいい人かもしれない。

勧められるまま、緑先輩の居た場所に座る。向かい合わせになった坊主頭くんと目が合ったので、小さく目礼したら、向こうもぎこちない礼を返してくれた。あ、ほら、良かった、と思った──けれどもそこに、横から声が割り込んできた。

「好きな思想家は？」

窓際のメガネ男子だった。一瞬、場が静まり返る。私も思わず口を半開きにして固まってしまった。

──シソウカ、シソウカって誰だ。ジョン＝ロック？　孔子？　村上春樹？

「もう、伊藤君はいっつも堅いことばっかり言うからあ」

焦って入試の知識さえ飛んだ私が、余計なことを口走る前に、緑先輩が口を開いてくれた。特に戸惑っている様子はない。ということは、メガネの「伊藤君」は常にこの調子だということなのか。

「及川君が甘いんだ。君の連れてくる新入生はどうもぼんやりしている」

伊藤さんが言った。「及川君」というのが緑先輩だということに気付くまで一・五秒くらい要った。女の子も「君」というのがいかにもこの部室らしいと冷めた頭で思う反面、ショックを受けた。私がぼんやりして見える、ということではなく、緑先輩が連れてきた新入生が私だけじゃないということに対してだ。自分はこのきれいな先輩に選ばれたのだ、という意識が私の中にあったことに気付いた。

緑先輩は今の台詞《せりふ》に直接反論せず、「伊藤君なんか新入生連れてきたことないじゃない！」と言った。「私＝ぼんやり」を否定する気はないらしい。

「ね、この失礼な人が伊藤君。政治の四年生。一応部長だから憶《おぼ》えてね」

先輩が後ろから私の肩を軽く叩《たた》いた。他の男子も紹介していく。

「あの髪の長い人は、経済五年の薄井さん。五年っていっても、五年目ってだけで学年はまだ二年だけどね」

本棚の前の男子が、こちらに目を向けて、すぐに逸《そ》らした。「レタリングが超うまいんだよ」と緑先輩が評価を付け加える。レタリングの技術はこのサークルにあんがい貢献するんだろうか。

「そんで、こっちが水島君。文学部の二年生」

最後にソファに座っている坊主の男子を紹介すると、彼はもう一度こちらを見て礼をした。「……っす」と不明瞭《ふめいりょう》な挨拶《あいさつ》をする。野球部員みたい、と思ったら緑先輩が「高校まで野球部だったんだよ」とそのまんまな解説をした。

「他に、ここに居ない人が八人くらい。名簿の人数はもうちょっと多いけど、ま、実際の活動人数は十人くらいかな。一年生がこれから何人入るかは正直わかんない」

それで部員紹介は終わりだった。

「で、入るの？　入らないの？」

伊藤さんが相変わらず一ミリも愛想のない調子で言う。緑先輩が、私を庇護《ひご》するようにソファの背もたれに手を載せて言った。

「それは大して重要なことじゃないでしょ。大事なのは、私たちの活動をわかってもらえるかだよ」

きっぱりとした口調だった。私はいつの間にか緑先輩を見上げていた。下から見ても、アゴのラインにかすかなたるみさえない。

伊藤さんが私の様子をイチベツしてため息をつくのが聞こえた。それでも、人に囲まれていると、ようやく大学生活が動き出した気がした。

——もっといろんなことを知ろう。先輩たちと対等に話せるようになろう。

私は改めて、濡《ぬ》れたぞうきんと錆びのにおいが混じる部室を見回してから、「よろしくお願いします」と言った。

四月はまばたきの間に過ぎていった。桜の葉には光沢が出て、キャンパスにはミニスカートから出た脚の色がちらほら見られるようになった。

私はあんがい早く部室に馴染《なじ》んだ。伊藤さんは最初の印象よりずっととっつきやすい人だった。何か言えば反応を返してくれる。言い方がきつかろうが、コミュニケーションに問題はない。あまりに話についていけない私に、本を読めと具体的にタイトルを挙げて勧めた。「読んだけどわかりません」と正直に申告すると、「もう中野君は抽象的な話はいいから新聞を読め」と諦《あきら》め半分の指示をくれた。

緑先輩は相変わらず私にかまってくれ、部室の他でも平日は約束をしてうちに泊まりに来たりするようになった。真新しい布団を横向きに敷いて、ふたりひとつの布団で眠る。眠る前にはテレビを観た。観るのは、夜中にやっている古いドキュメンタリー映像や、ニュースの特集や、先輩が借りてきた記録映画だった。それらは本よりもずっとスムーズに頭に入った。スムーズに、と言うと意味が逆になってしまうかもしれない。例えば原爆で剝《む》けた皮膚の映像にしろ、今、戦地で過ごすアメリカの若者のコメントにしろ、インパクトがあった。私は夜ごとになにかを灼《や》きつけられた。

オレンジの豆電球とテレビの色に照らされた部屋でテレビを観ながら、時々衣擦《きぬず》れの音を聞いた。そういう時ふと隣を見ると、先輩が足を擦ったり手を擦ったりしつつ姿勢を変えているのだった。Tシャツと短パン姿で膝《ひざ》を抱えていたはずの先輩が、最後には正座してにらむように画面を見つめている。

私は先輩の横顔に向けた目をうっかり動かせなくなることがあった。表情がきびしくなるほど、先輩の美しさは増す気がした。意志の力で強く強く結ばれた唇が、何もかもを拒絶する小さな子供みたいな瑞々《みずみず》しさをたたえている。

ある夜、広島に落とした原爆の開発者にインタビューをした映像が流れた。おじいさんになった彼は、「リメンバー・パールハーバー」と言った。我々は真珠湾を忘れない。私だって失った仲間が居るのだから、アメリカだけ責められても困る、という論理らしかった。

そのドキュメンタリー番組が終わると、先輩が正座のままで言った。

「ねえ、戦争って終わらないのかな」

私はすぐにその問いに答えられなかった。――ぐずな私が返事を選べないのはいつものことかもしれないけれど、その時は「あ」も「う」も言えなかった。

先輩の横顔の、ちょうど輪郭のところを、なぞるように涙がひとつぶ滑っていった。朝露みたいだった。

四月の終わり、必修の授業のメンバーでクラスコンパが開かれることになった。特にサークルの行事とかぶっていることもなかったので、一応参加することにした。

予約で取ったチェーン居酒屋の座敷に、四十人がいっきに押し込められた。隣の座布団との間隔が狭い。どれが誰の声だかわからないままに注文が飛び交い、とりあえず一杯目の飲み物が全員の手に渡るまで十五分くらいかかった。

「じゃあ、我々一年五組の出会いにかんぱーい」

見た目の通りにノリの軽い幹事の男子が、半分自分でウケながらそう言った。グループの仲良しでかたまった女の子たちを中心に、元気よく「かんぱーい」の声が上がる。

あちこちで重いジョッキのぶつかる聞き慣れない音がして、同時にわっと会話があふれた。斜め前に座った、ジャニーズにでも居そうな男の子が、どこへともなく「いいねえ、一杯目は」と言う。私の右隣に座った茶色いボブカットの女の子が「いっすねー、最高っすねー」とやけに近しく答えた。みんなテンションが高い。ついてけないかも、と教室同様一歩引きそうになった時、左の女の子に声をかけられた。

「お酒、飲まない人お？」

黒い髪を肩にかかるくらいに伸ばした彼女は、私の右手のグラスを指している。ウーロン茶の入った、みんなのビールより濃い色のグラスだ。

「飲まないっていうか、未成年だし。法学部だし」

私が答えると、「あはっ」と高い笑い声が返ってきた。「まじめだねー」と言われる。やっぱりこのノリ、だめかも、と思いかけたところに彼女がたたみかけてきた。

「でもあたし、未成年じゃないから。去年夜間部に居たんだけど、こっち受け直したの。四月生まれだからもう二十歳」

くりくりとした目と、あまり大きくない私よりさらに低い座高で、どうみても年上に見えない。それ以前に、あくまでも新入生に負けず劣らず軽い雰囲気のその子に、転部という事情が意外だったので、つい訊《き》き返してしまった。

「え、本当……ですか？」

彼女は笑ったまんまの顔で答える。

「敬語いいってー。あ、あたし、シオヤホシコ。ホシコは星の子ね。星子ちゃんって呼んで？」

「そのまんまじゃないですか」

思わず突っ込むと、また「あはっ」という声が返ってきた。今度は、私も笑えた。

「やっぱりねえ、夜間から来たから色々学力のギャップ？　みたいなのあるんだよねー。でも、やんなきゃと思って。ついでにサークル始めたりして、一年生気分満喫してるの」

何のサークルなの、と訊こうとしたところに、パンと手を鳴らす音が割り込んだ。

「はーいはい。さっそく盛り上がってるところ悪いけど、自己紹介してもらうよー。そのほうがとっつきやすい」

座敷の真ん中も真ん中、くっつけたテーブルの割れ目みたいなところで、幹事の男子が叫ぶ。また、周りが拍手ではやし立てて、「メガネがクールな君ぃい」と私の向かいの男子が指名された。

「え、俺ですか」

「はい、君です！　名前、出身地、サークル入ってればサークルと、留年などの諸事情あれば聞かせてもらいましょう。その他アピールしたいチャームポイントや特に一言あればどうぞ」

クイズ番組に慣れた司会者のごとく幹事がまくしたてた。びっくりしたけど、ああいう人は高校から幹事に慣れているのかもしれない。

「あ、アズマトオルです。新潟から来ました。サークルは今入ってません。一言は、えっと……かわいい子が多いサークルを知ってる人、教えてください」

このクラスじゃかわいい子は足りないんですかあー、というヤジが女の子のグループから飛んで、どっと笑いが起こった。幹事はそれに負けじと声を張り上げて、アズマくんの隣の男子を指さす。

「次、右の……赤いTシャツの君」

自己紹介は適当に盛り上がったり下がったりしながら、横に流れていった。角を二回曲がって、ちょうど十人目が星子ちゃんになった。

「塩屋星子です。出身は東京、去年は文学部の二部に居ました。新入生になりすましてまーす。サークル活動もこの春から始めました。えっと……童貞メガネーズファンクラブです」

ぶっ、と数人の男子が吹き出すのが聞こえた。何故かこらえた感じの笑いが席全体を包み込む。「えーと、なんですか、その、童貞メガネーズ？　ですか？」と唇を引きつらせながら幹事が訊くと、「あ、去年できた友だちがやってるお笑いトリオです。超面白い」とあっさりした解説が返ってきた。「よろしく～」と、自分をよろしくなのか、お笑いトリオをよろしくなのか曖昧《あいまい》な言い方で自己紹介が締めくくられる。無理に激しくもなく、適度な拍手が湧いた。

次は私の番だ。星子ちゃんの変なサークルのおかげで、テーブルにはかなり温かい空気が漂っている。私に移動したたくさんの目線は、あくまでもやわらかだった。よっぽどの失態をしない限り、普通に拍手で迎えてくれるだろう。自分にそう言い聞かせて腰を上げた。

「中野道子です。青森出身で、えーと、サークルは不戦をうったえる会」

です、と言い切る前に周囲の空気が冷えるのがわかった。最初に自己紹介をした男子が、からあげにレモンをしぼった手を宙に浮かせて止めるのが見えた。

——あら？

あまりに急激に温度が変わったせいで、何かの結晶ができそうだった。そして次の瞬間、みんなの目がふっとおかしな方向に動き（それはほんとうにいっせいの動きだった）、ぱらぱらと拍手が始まった。星子ちゃんの時の拍手と同じ大きさになるまで、五秒くらいかかった気がした。

スカートがパンツにはさまっているとかそういう初歩的でまぬけなミスでは、と思って手をぱたぱたしてみたけれど、服は変じゃない。

——なんだ。なんなんだ。

残りの自己紹介は三十人ぶん近くあったけれど、それは私の前の十人と決定的に空気が違っていた。みんな、ひとの話に集中しきれず、海老《えび》フライの横のパセリを食べたり、焼きそばの上の紅ショウガを避けたり、箸《はし》を使ってよくわからない動きをするようになっていた。私はそれを目にとめながら、気のせいかもしれないとか、さすがにみんな飽きてきたのかもしれないとか、心の中で自分に言い訳をした。

　最後に幹事が自己紹介をして、再び「ご歓談」に戻る。ざわつきはじめた席のなかで、隣の星子ちゃんが一秒くらいビールのジョッキを持ち上げて、また戻して、私のほうを向いた。

「ねえ」

　改まった感じで切り出される。思わず肩が跳ねた。

「サークル、変じゃない？」

　星子ちゃんが言った言葉の意味を理解できず、私はぽかんと口を開いた。

「どうてい……メガネーズファンクラブ、が？」

「じゃなくて。不戦のほう」

　ざわめきの下から、遠慮がちな視線が複数飛んでくるのが頬の皮膚でわかった。私がまばたきしかしないでいると、星子ちゃんが膝《ひざ》ごとこちらに寄って言った。

「ひだりでしょう」

「ひだり？」

「左翼」

　半径一メートルくらいが切り取られたように音を無くすのがわかった。遠い席で、幹事と周囲の女の子たちがぎゃーっと笑い声を上げるのが聞こえた。男子が「ちょ、まーてーよ！」とキムタクの物真似、をしたホリの真似、みたいなことをしていた。

私は星子ちゃんの言うことを理解しようと努める。けれど、考えても思考は空回りするばかりだった。

――右と左。そりゃあ、政治思想で分ければだいたいどちらかの方向にはなる。「不戦をうったえる会」は左寄りだろう。だからと言って……。

「そんな過激な呼ばれ方する感じじゃないよ」

ようやくそういう返事を選んだ。星子ちゃんはじっと私の目をのぞき込んでいる。

「うん、ごめん、右も左も色々あるけどさ。なんか、そのサークルは仰々しい立て看とか、演説とか見るし」

演説、と言われて一瞬で入学式の光景がフラッシュバックした。緑先輩の指先、銀杏《いちょう》の若葉。あれが仰々しいのか。そんなはずない。多分、別のところで他の人がした演説のことを言っているのだ。伊藤さんとか。

そう考えた横から、「ああ、すごかったよな、あれ」と声が割り込んできた。二人目に自己紹介をした、赤いTシャツの男子だった。

「入学式の時の……派手な赤字と青字の横断幕広げてさあ」

彼が言うと、隣のアズマくんも、「そうそう、あれ見て俺、大学入ったんだなーって気がしたよ」とうなずいた。

頭のなかに氷のうを入れられたような感覚がある。なにか合理的に否定ができるはずだ、と思ったけれど、私の口は「でも、変ではないよ」とうわごとじみた台詞《せりふ》を浮かべただけだった。

「騙《だま》されてんだよ」

星子ちゃんがきっぱりと言った。彼女の目がくりくりと深く光を映し込んでいるので、

私は視線を逸《そ》らせない。

「個人情報握って逃げられないようにするとか、学部からの注意に書いてあったけど、ど

う？　そういうことない？」

「……先輩が家に来たけど」

私が言うと、みんなは「あちゃー」とでも言いたげに顔をしかめた。星子ちゃんだけが

表情を崩さない。

「今のところ害があったように思えないかもしんないけどさ、最初だからだよ。サークル

全体、政党にいいように使われてんだって。カッドーの人手とか。なんか資金稼ぎまでさ

せられるって噂もあるし」

「どっかとつながってても、結局はその政党の意見に賛同……してればいいんじゃないの」

思いついたことを言ったけれど、いつの間にか声が小さくなっていた。星子ちゃんは

「そうかなあ」と言って菜箸をとる。その隙とばかりに、男子たちが口をはさんできた。

「ていうか、関わらないが吉でしょ！」

「考えてもしょうがないんだって、そういうのは。政治ってさ、大人ンなって、権力持っ

てこそできることでしょ。今、デモとか参加してなんになるのよ。俺らはこんだけ『いい学校』の法学部なんだし、出世の可能性はじゅうぶんあるんだしさー……」

メガネのアズマくんに続いて、赤Tの男子がべらべらとまくしたてる。しょうがない、という無責任な響きにかっと頰が熱くなった。私は思わずテーブルのへりに指をかけて、身を乗り出しかけていた。そこに、ひょいと箸が飛び込んできた。

「道子ちゃん。食べたいのない？　ウーロン茶ばっかりじゃ栄養も会費のモトも取れないよー」

星子ちゃんが私の取り皿に手を伸ばして訊《き》いてくる。私は初めてテーブルの上を埋めた団体用の大皿料理を眺めて、「……その、カニクリームぽいコロッケ」と言った。

「あいよ」

星子ちゃんが箸を伸ばしてコロッケをつまむ間、周りの人たちは再び口をつぐんでいた。サクサク感をなくしてしまったコロッケが皿に置かれる、ぺちょっという情けない音が耳に届いた。

「あたし、去年一年学校の中見てたから思うんだけど。賢いやり方じゃないと思うよ、あれは」

星子ちゃんがそう言い切ったところで、幹事が「二杯目頼みたい人ぉ」と声を上げ、話は途切れた。途切れたというよりは、やんわりとなかったことにされたらしかった。

「ところで中野さんって何座よ？　俺、星占い超好きなんだよね」

赤いTシャツの男子が言う。私が「いて座」と答えたらそれだけでみんな朗らかに笑った。笑えばどうにかなるとばかりに。

二次会があるという話だったけれど、居酒屋を出た時点で十時になっていたので、帰ると言った。他にも、電車がなくなる前に帰ろうという人が結構居て、メンバーは半分になった。星子ちゃんも、私の横について「うん、帰る」と言った。

「あたし、学校のちょっと向こうにアパート借りてんだあ。超狭いの。トイレ共同で、六畳なの。『神田川』って歌に出そうな……っていうか、実際神田川あるんだよ」

ふたりになると、彼女はそんなことを喋《しゃべ》った。私は飲み会の後半と同じように、ただうなずきを返していた。

星子ちゃんは、駅の出入り口まで来ると手を振った。

「なんかあったら、相談してよね。一応二コ上だから」

一応「うん」と返事をしたけれど、ほっぺたが硬いままなのは自分でもわかった。

地下鉄の階段を下りて、ホームに入る。電車はちょうど行ってしまったところで、十分も待つはめになった。

暗い穴の向こうから、ゆっくりと風が吹いてくる。私は人の居ないベンチに座って、ぼうっと目の前を眺めた。数日前に見た、朝露みたいな先輩の涙を思い出し、それから、なんとなくの連想でビニールハウスのいちごを思った。また連想で、原爆の熱で剝《む》けた真っ赤な皮膚の映像が浮かんだ。

——政治ってさ、大人ンなって、権力持ってこそできることでしょ。

さっきの男子の言葉が耳に蘇《よみがえ》る。そうなんだろうか。私がここで、ぼんやりと思ったことというのは何にもならないことなんだろうか。騙されてんだよ、という星子ちゃんの声も聞こえた。テレビの前で先輩が正座したのは、私を騙すためだけのことだったんだろうか。

「一番線に、快速、西船橋行きの電車がまいります……」

向かいのホームにアナウンスが入って、ふたりで立っていた私と同い年くらいの男女が手をつなぐのが見えた。

星子ちゃんが言っていたことは、あながちデタラメじゃないだろうと思う。資金稼ぎの「噂」だって、まったく別のサークルの話かもしれないけれど、まあこの世に在り得ないことではないかな、という気がする。

でも、もしそうだったとして、私はこれから割り切って学生生活を送れるんだろうか。あの入学式の演説で、緑先輩と目を合わせようとしなかったたくさんの人たちみたいに。

ゴールデンウィーク中、数少ない登校日である五月一日、私は一限を終えたその足で情報処理教室に行き、慣れないパソコンと向かい合った。昼休みになれば暇つぶし学生でいっぱいになるこの教室も、午前中だけに人は少ない。私はドアから一番遠い席に座って、それでも周囲に目を配りながらブラウザを開いた。検索ワードのボックスに文字を打ち込む。――「左翼」「サークル」。

検索ボタンをクリックする。一ページ目に私の求めているような情報はなかった。

もう一つ――「左翼」「サークル」「危険」で検索してしまおうかと思う。けれども思い切れなくて、結局パソコンをシャットダウンしてしまった。

私は、第三者に「大丈夫」と言って欲しいんだろうか。それとも、「やめなさい」と言って欲しいんだろうか。

階段前のホールまで歩いてきて、なにげなく外を見た。うつむき気味に歩いてきたから、自然、視線は地面を向いていた。

ふと、目が留まる。

――あ、緑先輩。

ここは五階だというのに、私は見下ろしたキャンパスの人混みにまぎれた先輩の姿を見つけていた。少し遅れて授業が終わったらしく、教室棟からいっせいに吐き出されてきた学生の、その一番最後に先輩が居る。黒く短い髪が、茶色い巻き髪の女の子たちの中では目立ちすぎていた。

私は一瞬、それを見間違いかと思う。こんなに遠いし、私は先輩に個人的な愛着を抱いているし――人違いをしているだけじゃないかと。それに、その「緑先輩」は、さっきここまで歩いてきた私のように、うつむいていたのだ。

表情までは見えない。でも、自信なさげな黒い頭が、小さく見え隠れする。先に出てきた女の子たちが立ち止まって話をする横を、先輩は影踏みをするかのように地面だけ見つめて通り過ぎた。

――見なきゃよかった。

まぶしいだけだった先輩が、自分と重なる。それは、嬉《うれ》しいというよりは痛いだけだった。呼びかける代わりに、私は分厚いガラス窓に手のひらを押し当てる。向こうに空を透かしたガラスに、指紋がこびりついた。

三限が終わってから部室に行くと、先輩はいつもと同じ笑顔で出迎えてくれた。

「来たねー、道子ちゃん」

私は先輩を直視できず、床に向かって不自然な作り笑いをしてしまった。けれども、すぐに部室の異変に気付いて再び顔を上げた。

いつもより人が多い。ソファを囲むように人の輪ができている。全部で十人くらいか。前に聞いた「実際の活動人数」と同じだから、何か話し合うためにメールで集合をかけたのかもしれない。私はまだ名簿に名前や個人情報を書いた正式部員ではないので、呼ばれなかったのだろう。

そこまで考えたところで、ソファにのさばった伊藤さんが言い出した。

「一年生が足りなすぎる」

十人入ると、部室はばかに狭い。私は「人だかりを通りすがりにのぞき込んだ人」のようになって、ソファを中心にした輪の外側に立ってみた。けれども伊藤さんが「結局、定着した一年生はそこの中野君だけだ」とこっちを指さしたので、いっせいに注目を浴びた。

「五・一四デモに間に合わない。このままではあのこっぴどい法案が臨時国会に出される。急で悪いが、もう一度教室演説をやってもらう」

伊藤さんはソファのスプリングが出ていない部分に座り、その横に緑先輩が居る。何も喋らず、テーブルに書類を広げて電卓を打っていた。向かいには、五年の薄井さんと、見たことのないやけに老け顔の男の人が座っている。

「僕と、及川君の他に四人。いつもと同じく、二人組で三チーム組む。明日の午前の授業が空く者」

伊藤さんが首をめぐらすと、坊主の水島君が無言で手を上げた。他の手は上がらない。私もどぎまぎしながら、気付いたら背中のほうに手を組んでいた。「だらしがない」と伊藤さんの舌打ちが飛ぶ。

「俺、まだ必修取ってないんす。明日の午前は空きません」

訊かれていないのに、並んだ後ろ頭のひとつから声が聞こえた。それをきっかけにして、「僕はもう実家に帰るんで」などという弁解が複数並ぶ。

「……二チームでいいことにしようか。あとひとり」

珍しく不機嫌そうにした緑先輩が言った。ぎくりとする。でも私は一年生だし、そもそも「教室演説」って何だかわかってないし、と内心でまくしたてたところに伊藤さんの声が飛んだ。

「中野君。一年生こそ、説得力があるんじゃないのか。難しいことは言わなくていいから、自分がこのサークルに入った理由を教室で述べろ」

ぎょっとして、床に落としていた視線をソファのほうに向けると、緑先輩と目が合った。フォローが入ったけれど、それは私の予想したものとは違っていた。

「大丈夫。自分の受ける教室でやるわけじゃないから。知り合いの前だとかえって緊張するもんね」

こちらに向けた先輩の目に、五月の強い光が映り込んでいるから、私は首を横に振ることができない。

教室演説とはその名の通り、授業前で人が集まっている教室に乗り込んでいって演説をすることだった。二人一組で行い、一人がビラを配っている間、もう一人が教壇に立って喋る。休み時間十分のうち、ある程度の人数が教室に入ってからということだから、ほんの五分くらいのものだそうだ。私は見たことがないのだけれど、春は一年生の必修授業を中心に行っているらしい。他にも、特にデモの参加を呼びかける場合や、政治上大きな動きがあった時には学年を問わず人数の多い教室で行う、とのことだった。

今回はもちろん、一年生集めが主な目的だ。演説兼勧誘をする四人が決まると、伊藤さんはメンバーを集めて、計画を練り始めた。法学部と政治学部の教室使用割を見て、一年必修の授業から、より「釣れそう」だという場所を瞬時に蛍光ペンでピックアップする。

「うちの売りはやっぱり九条改正阻止だから。そこ中心に喋ってね」

そう言ってから伊藤さんは、半分ぼやきとも聞こえる言い方で「とっつきやすくはしてるんだけどなぁ」とつぶやいた。横から緑先輩が「だから、あのビラが暗いんだってば」と口を出す。

「イラストとか入れればいいのに。写真も、あんな心霊写真みたいなんだったら要らないって」

「そう言ったって、上から言われるフォーマットが決まってんだよ。うちなんか歴史も浅いし、人数少ないし、超末端サークルだろ。そんなとっから何言っても……」

先輩たちが言い合いをしているのを聞きながら、蛍光ペンで線の引かれた教室使用割をよく見てみた。そこで私は、あることに気付く。

「あ、私この、火曜の『憲法総論』取ってるんですけど」

アンダーラインの引かれた火曜一限・533教室のマスを指して言う。「憲法総論」は法学部の一年生全員が取るので、いっきに授業をすることは不可能だから週三回も講義が行われるのだ。そのうち、うちのクラス（と、他数組）は火曜一限だったはずだ。

伊藤さんは「ああ」と言ってこちらを向いた。

「うん、だからそこは、僕と及川君のチームで担当する。中野君は水島君と組んで二限から参加してくれればいい。……二限は空くだろう？　いつも君、その時間部室に来てるし」

私はひとつまばたきを返した。つまり、それは、伊藤さんと緑先輩がうちのクラスの授業前に演説に来るということじゃないのか。

私の戸惑いを読んだのか読んでいないのか、伊藤さんが怪訝《けげん》な顔つきで「何か不都合でもあるのか？」と言った。

「いえ、二限は授業ないし、大丈夫です……」

「あ、そう。じゃ、水島君は？　この中で特に都合の悪いコマってある？」

打ち合わせは進んでいく。私は胸のなかに生まれた違和感――押し込めても浮き上がってくる、プールに沈めたビーチボールのような違和感を、必死でおさえこもうとしていた。

この間の飲み会でのみんなの反応が、嫌でも蘇《よみがえ》ってくる。不戦をうったえる会です、と言っただけで、全員が静まり返った。あの、瞬時に冷えていった空気。星子ちゃんは「騙《だま》されてんだよ」と言い切った。それでも、もし星子ちゃんがあの後私にサークルのことを突っ込んでくれなかったら、誰一人私に触れなくなっていたような気がする。その飲み会のみならず、教室でも。

――あの中に、先輩たちが直接入っていったらどうなるの？

いや、どうなるもこうなるもない。多分、何も起こらないのだ。入学式の日と同じように、先輩は毅然《きぜん》と前を見据えて語り、みんなはそれをないことにして無視し続けるだろう。五分間。

そのことが怖いんじゃない。そこに――無視している学生のなかに、どんなふうにして座っていればいいかわからない自分が、怖いのだ。

四人で打ち合わせをした後、さらに水島君と話してだいたいの段取りを決め、その日は解散になった。「失敗したらどうしようなんて思わなくていいからね。初めてなんだから、うまくいくほうが奇跡だよ」と緑先輩が声をかけてくれたけれど、帰りの足取りはひどく重かった。

先輩チームは緑先輩と伊藤さんで一コマごとに交代で語り役をすることになり、私と水島君チームは、水島君がざっとサークル紹介をしてから私が新入生のひとりとして語る、というスタイルで二コマやることになった。私は一限で先輩たちの語りを聞いてから、二限では教壇に立たなければならないのだった。

帰ってから、実家に電話をかけた。入学式からちょうど一ヶ月が経っていた。もう電話してもいい頃だろう。

「お母さん？」

私が受話器の向こうに呼びかけると、「道子お〜」と驚いたような返事がかえってきた。電話で聞くお母さんの声は、いつもよりかさかさしていた。

「元気にしてらが？」

「うん」

「野菜、食ってらが？」

「あたし、友だち、いっぺできだよ……」

「ん？」

「お母さん」

たった三言喋《しゃべ》っただけで、私はもう鼻声になってしまっていた。

「うん、でぎだ……」

「友だちでぎだが？」

「食ってらよ」


次の日、533教室——五号館の三階、階段から三つ目の教室に入ると、階段状になった聴講席の右手なかほど辺りで、星子ちゃんが手を振った。

「おーい。こっち来ない？」

飲み会の後、初めての必修授業だった。彼女のひとつ後ろの列には、あの時向かいに座っていた男子二人——アズマくんと、星占いが好きな男子が並んで座っている。三人で話していたようだった。

段を上がっていって、星子ちゃんの横につくと、「いて座の中野さん」と確認するように男子のひとりが言った。今日は赤Tを着ていない。袖《そで》が紺色のベースボールTだった。

「俺は、おうし座のジュンくん。標準の準」

さらに念押し自己紹介のように付け加えられたので、「うん」と返事をすると、星子ちゃんが笑った。

「あはっ。『うん』て返事はないでしょ〜」

すぐ左手には窓があって、さんさんと朝の陽を教室に射し込ませていた。窓を開けるには、まだ少し寒いかもしれない。授業が始まるまであと六分。百人くらい入る比較的広い教室は、六割が学生で埋まっていた。ぱらぱらとお喋りが聞こえる。飲み会の時みたいに甲高い声で騒いでいる人が居ないのは、朝だからか、それともゴールデンウィークの中日だからなのか。

とにかく教室は何事もない様子でそこにあった。白い柱の下のほうに、かすかなラクガキの跡があるのが目に留まった。古い傷になった相合い傘が、ペンキで塗りつぶされている。なんとなく微笑ましい気がする。

けれど、それどころじゃない。さっき教室に入った時から、胸の底がぎゅうぎゅうと苦しいのだ。引っぱれないアコーディオンの蛇腹になってしまったみたいに、空気が入ってこない。

私はそれを精一杯ごまかしたくて、星占いの準くんに尋ねた。

「準くんから見て、コン中で一番相性いいのって、誰？」

「えー……アズマがしし座で星子ちゃんがおひつじ座だからあ……、俺以外三人は相性最高って感じ？」

「あはっ、自分ハブじゃん！」

星子ちゃんが笑ったところで、教室の前方から異質な音がした。みしっ、というそれは、古すぎる木製の教壇が踏みしめられた音だった。

まだ学生が流れ込んできている教室で、いつの間にか緑先輩が教壇に立っていた。無表情で、マイクの高さを調整している。前の方の席で、伊藤さんがビラを配り始めていた。

プツ、とマイクの入る音が教室に響いて、たくさんの学生がいっせいに顔を上げる。休講のお知らせにきた職員の人だと思っているのかもしれない。変に期待のこもった目を壇上に向けた人も居た。

緑先輩は「あー、あー」とマイクのテストをしてから、ふっとひと息ついて、一声目に入った。

「……授業前にお邪魔します。私たちは『不戦をうったえる会』というサークルの……」

周囲三人の目がいっせいに私に注がれる。そこにちょうど、ビラを配っている伊藤さんがまわってきて、私の前に二枚のビラを置いた。私はそれを黙って、隣の席に流した。星子ちゃんの顔を見ることはできなかった。

「この授業を受けている大半の人は新入生だと思います。新生活、色々と忙しいとは思いますが、少し話を聞いて下さい。現在、日本では、憲法改正のための国民投票について、新しい法律ができようとしています。その内実は――」

五分しかないからか、緑先輩はすぐさま本題に入った。私は、先輩のところから少しだけ目を動かして、教室全体の様子を確認しようとする。

混みはじめている講義室で、誰ひとり、先輩の顔を見ている人はいなかった。後方にかたまってお喋りを続けている女の子たちがいるのはもちろん、前方の席にひとりで座っている学生にしても、故意に「聞いてませんよ」というポーズをつくっているように見えた。ここぞとばかりにファイルの整理をしたり、ノートを読み返したり、とにかく絶対聞いてない、あなたたちの言うことに興味はありません、というポーズをつくっているかのようだ。伊藤さんが配ったビラは、読まずに机の上に放置されていた。

それでも緑先輩の演説は流暢《りゅうちょう》に続く。私はどんどん苦しくなる。酸素の行き渡らない足指の先が、温度をなくしていく。

――どこにも、伝わらないの？

無力というもの、それ自体を視覚化して見ている気がした。前では先輩が語る。背中には、男子ふたりの視線が届く。たぶん、哀れみ入りの、なんだかやけに遠慮がちな視線だ。机の上に目を落とすと、視界の端に星子ちゃんの小さな手が見えた。

首をひねって窓の外を見る。向かいの校舎のバックに、深い色の空が広がっていた。広い、こんなにもばかっぴろい空のしたで、私が思うことは、全部ちっぽけだ。伊藤さんも、先輩も。多分、星子ちゃんたちの言うことが正しくて、学校で演説をして人を集めてデモに参加するなんてことより、賢いやり方が世の中にはあるだろう。だって、私たちの言葉は、ここに居る学生ですら動かせないのだ。それなのに、空そのものみたいな国を動かそうだなんて、無理な話なんだろう。

「あと何年も待てません。今立ち上がらなければ、確実にこの政権のもとで九条は改正され、日本は軍隊を持つようになるでしょう。力を、貸してください。声を、届けましょう」

もしかして先輩もこの状況に負けてしまうんじゃないかと待っていたけれど、淡々とした調子で喋る先輩の目はいつまで経っても、あの小さな光をたたえていた。修道女の。

ぐんぐんと胸のなかに注がれていくものがあって、それが一杯に溜《た》まった瞬間、私は席を立っていた。

「道子ちゃん？」

星子ちゃんの声がしたけれど、振り向かなかった。段差のある通路を駆け下り、教壇の横をすり抜けて教室から飛び出す。そのまま、学生のあふれる廊下を駆けていった。手負いの獣みたいに大きくなった自分の息の音が聞こえていた。

突き当たりの階段まで来たところで足を止め、しゃがみ込んで泣き出した。通りすがりに、無数の無遠慮な視線を投げられたけれど、気にする余裕もない。膝《ひざ》を抱えて頭を伏せて、袖がびしょびしょになるまで泣き続けた。頭より少し高いところにある窓の外に、相変わらずの春の青空がどんと立ちふさがっているのが感覚でわかった。

燃えるようなこの恥ずかしさはなんだろう。あそこまで無視されても学生にうったえ続ける緑先輩が恥ずかしかったのか。それともその場を最後まで見守ることもできず逃げ出した自分が恥ずかしいのか。

「……中野さん。中野さん」

シャツの上から肩に指が置かれる。やさしい張りのある指は、間違いなく緑先輩のものだ。

「いいよ……次の時間。入ったばっかりの子にはきつい仕事だったね、ごめんね」

なんにも、わからない。私は、過去の戦争のことも、今の世界情勢も、みんなを振り向かせるための手だても、ほんとうはなにひとつわかっていない。それでも次の時間、私は教壇に立つだろう。

私もこの学校に居るうちに、先輩のようになるのだろうか。毅然《きぜん》と前を向いてみんなに届くことのない声を発し、そういう自分を誇れるようになるのだろうか。

そこまでは見えないけれど、でも、二年後くらいの私は、入学式で途方に暮れている新入生を見つけたら、きっと声をかけて、自分が座っているベンチを譲るだろう。

膝を抱えた手を放してそっと顔を上げながら、たぶん大学に入って良かったんだと、何故だかそんなことを思った。

雨にとびこめ

「みゆちゃん、俺と付き合っちゃわない？　乙女座はおうし座と相性最高よ？」

右手の親指を突き出してポージング、しかも不二家のペコちゃんのベロ出しをして俺が言うと、彼女は微笑みながら軽く首を傾げた。

「ええ、どうしようかなあ」

どうしよう、というのは了解の返事に近い。もう一押しだ。

「迷ってるフリしてもう決めてるっしょ、俺にメロメロっしょ？」

俺の言葉に、みゆちゃんは甲高い声を上げて笑った。口元を押さえた指のてっぺんに、桜色のネイルが光る。

「もー。わかったわかった。いいよ、付き合おう」

彼女が肩を震わせると、ツヤのある巻き髪が胸の高さで揺れた。

「なに告ってんだよ、準！」

隣から先輩が割り込んできた。その横からさらに誰かが顔を出す。「カップル誕生？」「いきなりだねぇ」「一年のくせにいいとこさらいやがって」声はドミノ倒しのように連なっていって、五人目で一番壁際の席についた。「うっそお、みゆ、オメデトー」と言った彼女の友人らしき女の子が最後だった。おんなじ巻き髪、おんなじミニスカ。いかにも同属性の友人だけど、みゆちゃんとは決定的に顔のつくりに差がある。「モデル」と「読者モデル」くらい。

「よろしくぅ」

隣でみゆちゃんが右手を差し出した。俺はその手を取ってニッと笑ってみせる。

サークルの、飲み会の席だった。チェーン系居酒屋の大座敷、周りに居る部員は彼女と同じ女子大の子たちを含めてざっと三十人。空気はムダに暑くて酒臭い。これって若気の至り臭かも、とちょっと思う。しかし、そんなことに構っている場合じゃない。

十九で、夏も手前だ。未知への希望と不安でばっくばくの胸を、俺はしっかりとおさえる。

軽い恋だと笑わば笑え。おいしいところを取ってサクッと生きるのがクレバーなのだ。

「と、いうわけで僕、永浜《ながはま》準には彼女ができました、ジャン！」

翌日の一限、いつもの席について発表すると、隣に座ったアズマが「ほう」と言った。前に座ってこちらを向いた女子ふたりも、「ふーん」「あ、そうなの」と極めて薄味の反応をよこす。女子コンビの片割れ・中野さんが、平然と話題を変えにかかってきた。

「ところでさー、今朝の新聞読んだ？」

「『ところで』じゃないよ！　友だちだろ！　もうちょっと俺の交際の話に興味示してくれてもいいんじゃない？」

俺は慌てて話の方向を修正する。もうひとりの女子・星子ちゃんが「あはっ」とごく短い笑い声を上げた。「じゃあ一応聞いてあげましょうか」と軽く身を乗り出す。それに続いて中野さんが尋ねてきた。

「付き合うことになったのって、やっぱりサークルの人？　あれ、何やってるんだっけ、準くんって」

「……インカレのオールラウンド系、って五回くらい言ったよ？　ほんと」

そりゃ中野さんのサークルに比べたらインパクトないしね、と内心で付け足す。昭和の女学生みたいな、ほぼおかっぱ頭の中野さんは、大人しそうに見えて政治サークルの人だ。いわゆる「左」ってやつ。とうてい俺には真似できない。

「んっとね、要するに、他の大学の子も交えて遊びたいっていう欲張りなお願いを満たすサークルだよ。主に女子大」

星子ちゃんが中野さんに「訳」を伝える。この光景も五回目だ。

「ああ。そういえば準くんて、四月から彼女彼女言ってたね」

「そんなさー、他人をガツガツしてるみたいにさー」

「してないの？」

「……全然話進まねー」

俺と中野さんのやりとりを見て、今まで黙っていたアズマが喉《のど》で笑い出した。

「そうだよ！『彼女かわいい？』とか『どっちから告ったの？』とか訊《き》いてくれよ！」

このままではまったく彼女自慢が成り立たない。持て余した興奮で机の端をペシッと叩《たた》いたところで、教室にざわめきが走った。教授が入ってきたようだ。俺は深いため息をつく。

「友だち甲斐《がい》のない奴らだな」

聞こえているのかいないのか、女子コンビは黙って前に向き直った。

最初のクラスコンパで席が近かった、というごく単純な理由でつるむようになったのだが、彼女らは少々真面目すぎる。星子ちゃんは今どきな服装をしていていかにもモテそうなのに、「課題やんなきゃ」という理由で誘っても乗ってこないことが多いし、中野さんは見たまんま地味だ。キャンディ♡キャンディばりの鼻ぺちゃで、まあそんなところも俺的にはかわいいかな、とちょっと気にはなったんだけど「左」はキツい。だいたい、俺はそのクラスコンパで少々失言をし、彼女を怒らせてしまったのである。まあ今では「そんなこともあったね」と言えるささいなことだけど、ごはんで押し流した魚の小骨が胃のなかに残っている、そんな感じだ。

一方アズマはと言えば、中学の頃からの友だちで、女子ふたりとは付き合いの長さが違う。違う高校に行ったから、しばらく会っていなかったものの、高三の模試の帰りに遭遇してからまた遊ぶようになった。同じ大学の同じ学部を受けるというので、勉強会なんかもしばしば開いた。ふたりで切符を買って、一緒の新幹線で上京した仲である。

「まあまあ、後で俺が聞いてやるから」

さすがアズマ、教授がマイクにスイッチを入れる前にさっと囁《ささや》いてくれた。俺は照れくさくなって、例のベロだしペコちゃんポーズをしてしまう。アズマは冷めた顔でのけぞった後、黙って教科書を開いた。

俺もならって教科書を開くと、窓から射し込んだ光が白いページにはねかえって目を焼いた。

六月の、たまに照る太陽はまぶしい。もう夏と同じ熱さでじりじりと腕を焼いてくる。

「かわいいっていうよか、美人系？　や、『系』なんてそんな邪道じゃないよ、もうバッチシ美人なのよ、オーラが違うのオーラが」

銀杏《いちょう》並木の下のベンチで、無駄なジェスチャーたっぷりに熱弁する俺の横で、アズマはガリガリ君を食べている。ノロケ聞き代として、俺が生協で買ってやったやつだ。

「うーん、それで？」

「それで！　日曜日にはママから手料理習うんだって！　家にオーブンがあってパイが焼けるんだと！　あれだよ、『魔女の宅急便』でご婦人が焼いてくれるあのニシンのパイだよ、きっと！」

「わかんないけど、うん」

「ジーンズ全盛のこのご時世に、ありがたくも常時ミニスカだし！　それかワンピースか！」

「あー、そらーそそりますねえ」

アズマの相づちは、冷めたトーンではあるが適切だ。同郷のことだけはある。ますます盛り上がってきて「だっしょー!」と膝《ひざ》を手で打つと、アズマは最後のひとかけになった水色のアイスを、ぺろぺろと舌で融《と》かしているところだった。それを見て、何故だかテンションが素に戻る。「ちょ、エロくねえ?　それ」とからむと、アズマは「気持ち悪いこと言うなよ」と眉《まゆ》をひそめた。

会話が途切れる。図書館に抜ける北門への道は、昼休みを前に賑《にぎ》わい出していた。銀杏の影が濃く足元に落ちるなかを、同い年くらいの奴らがお喋《しゃべ》りとともに通り抜けていく。気の早い女の子たちの、ノースリーブから出た腕がまばゆい。自分がいい気分の時は、人混みから楽しそうな顔ばかりを拾ってしまう。

ちょっとファンデーション塗り過ぎで顔が白く光ってても、イエー。笑ってる女の子はいい。

「夏だねっ」

俺が言うと、アズマが、食べ切ったアイスの棒を前に掲げて「その前に梅雨があるけどね」とつぶやいた。

「ハズレか」

メガネの下の目が神経質そうに細められる。棒がアズマの手から離れ、すぐ横にある金網製のゴミ箱にぽとんと落ちた。早い夏の日の光景のなかで、無情に捨てられたアイスの棒は小さな翳《かげ》りのような気がしないでもなかったけれど、俺は笑顔をキープする。

梅雨なんてすぐに過ぎる。夏が待ってる、待ってる、待ってる。


初めてのデートはベタだが遊園地にした。ディズニーランドの「待ち時間に間が持たなくてカップルが別れる伝説」は信用できる気がして、後楽園にしておいた。小さくまとまってるから歩き疲れなくていい感じ、我ながらベターな選択だ。電話で誘うと、「いいよいいよー」と二つ返事のオッケーが返ってきた。

みゆちゃんは五分遅刻で待ち合わせの場所にやってきた。珍しくジーンズである。しかしトップスはあくまで華やかなピンク。押さえるべきところは押さえている。

「どこから行く？　あたしは絶叫系イケるクチなんだけど」

「じゃ、いきなりだけどあのジェットコースター行こっか」

ほぼ垂直に落ちるような、派手なコースターから始まって、片っ端からアトラクションをめぐった。待ち時間が少なかったせいか、結構短い時間で遊びつくしてしまい、レストランエリアに移る。ハワイアンステーキが食べられる店でジュースを飲んで、一休みした。インテリアにはもちろんハイビスカスやまもり。みゆちゃんの華やかな顔に造花の赤やピンクが映える。

「おっかしー、準くんマジ絶叫してんの。あれは恐怖の叫びだったね、エンターテイメントじゃないね」

「だってさっ、絶壁じゃんアレ！　スキーだったら三十度で急斜面なのよ、なのにアレ、何度だよ！　分度器で測っちゃうよ⁉」

くだらない話もテンションで持っていく。人影の少ない午後の店内で、俺たちの笑い声はよく響いた。間も空けず三十分くらい喋ったあと、みゆちゃんが言った。

「楽しい、準くんと居ると。付き合うことにしてよかったな」

おもむろに真顔。きゅっと口角を上げると、ピンクの唇が張ってエナメルみたいに光った。

「俺も今、超楽しい」

窓の外の景色は光に満ちている。俺の背景、十九年の人生で今がいちばんまぶしいぜ、と思ったけれどそれはもちろん口にしない。

ショッピングエリアを流して夕暮れを待ち、最後に観覧車に乗った。東京の夜景がビルの陰からゆっくりとあらわれ、またゆっくりと沈む。

キスをするタイミングがはかれなかったけど、まあいい。恋はあせらずって言うじゃない。

「二回目のデートって初回からどれくらいの間隔で誘うべきだと思う？」

と訊いた瞬間、ぐふふふ、と笑い声が漏れてしまった。いつもの三人が俺の周りを囲んでいる。今日は語学だ。必修の英会話。予習が要らない、かつ昼飯直後だからか、他の授業よりちょっと空気がゆるい。いつもなら、すぐノートをとれるように筆記具を机の上にスタンバイして授業開始を待つ中野さんでさえ、頰杖《ほおづえ》をついて宙を眺めていた。

俺の質問に、彼女とアズマは答えない。まあ、ハナからこのふたりには期待していないのだ。答えが返るのは、星子ちゃんからである。

「いや、もう、即で」

星子ちゃんは、携帯電話をいじっていた手を止めて、俺を見た。

「そっ、即ですか⁉」

「最初のデートから帰ってきてすぐ誘われると、超嬉《うれ》しいよ」

そう言うと、また、ぺぺぺぺ、と携帯のボタン打ちを始める。どうやらメールを書いているらしい。

「彼氏？」

中野さんが横から入ってきた。星子ちゃんが「うん」と普通のトーンでうなずく。

「中野さんは、彼氏欲しくないの」

さらに横からアズマが話に加わる。中野さんは「うーん、今のところ別に」と本気で興味がないらしい口調で言った。

「また俺の話食ってるし！　二回目のデートの相談なんだよ！　聞いてよ！」

本当に友だち甲斐のない奴らだ。星子ちゃんはかろうじて「あー、二回目ね」とこちらに振り直してくれたが。

「まあでも、人によるかもね。即誘うと『簡単な男だな』って思う人も居るだろうし」

冷静すぎる返答を残して、またメール作業に戻ってしまう。

『『みゆちゃん』はどっちっぽいの？』

アズマが訊《き》いてきた。ちょっと考える。微妙。

「準くん、星占い得意じゃん。わかるんじゃないの？」

中野さんに突っ込まれて、押し黙ると、「もしかして、あんまりキャリア長くない？」とさらに問われた。別に責めている感じじゃなかったのに、反射的にぽっと顔が赤くなってしまう。

「……いやー、占星術は心理学じゃないから、な、準」

俺の様子に気付いたのか、アズマがフォローしてくれたけれど、「ん、まあ、うん」と曖昧《あいまい》な返答しか出てこなかった。

その授業が終わってから、サークルのたまり場であるカフェテリアに行った。居合わせた先輩たちに「二回目のデートって……」と同じ質問を投げかけたら「三日は欲しいだろ！」「一日空ければじゅうぶんじゃないか？」などと大いに議論が盛り上がった。気休めにはなった。

〝今度の日曜どっか行かない？　またすぐ誘っちゃってバカみたいだけど、会いたいなー。でも、もう埋まってたら遠慮なく言って。〟

携帯でみゆちゃん宛てのメールをちこちこ打って、送信する前に一度読み直した。

――女々しくないか、この文面。「会いたいなー。」って甘え盛りのおバカちゃんみたいでちゅよ。

畳の上に寝転がって、顔の前に携帯を掲げ持つ。夕方で、空が曇り出したのだろうか、アパートの六畳間は薄暗く、携帯の液晶が蛍光灯の色で照っているのが目に少し痛い。

「迷っててもしょーがねえ、ほりゃっ」

声に出して「送信」ボタンを押す。独り言はやけに大きく部屋に響いた。

と同時に、ぱたん、と屋根を打つ音が聞こえた。同じ音が間隔を置いて続く。

俺は右手で、開いた携帯を持ったまま、窓のほうに首を向けた。外の景色がけぶり出す。

雨だ。

――なんかテンション上がらんと思った。

暗い部屋のなかで、窓に切り取られた外の景色は、映画のスクリーンみたいだ。ディスプレイの灯《あか》りが邪魔な気がして、画面を閉じた。携帯はその辺に放る。黙って窓を見ていると、屋根の雨音と別のものが聞こえ始めた。窓を打って流れていく水の音だ。

俺は腕を畳の上に投げ出すと、黙ってその音に耳を澄ました。みるみるうちに、胸に流れ込んでくるものがある。

――あ、まずい、センチメンタル病。

意識的に、水門を閉じるなりシャッターを下ろすなりして、それをシャットアウトしようと試みてはみる。でもだめだ。

俺は目を閉じてしまう。そして、まぶたの裏に浮かぶものを待ち構えてしまうのだ。

準、と呼ぶ声が最初に響いた。少し、こちらの顔色をうかがうような調子で、疑問形のように――

「準？」

仲の良い女の子だった。高校の生徒会で二年から一緒になり、書類だの誰かが持ってきたマンガ本だので足の踏み場もない部室で、他愛のない話を絶えずしていた。他の仲間と、親密さの差はなかったように思う。放課後は毎日のように会うし、月に一度くらいはみんなで日曜日を潰《つぶ》して遊んだりもするけれど、ふたりで会うことは考えられない、その程度の仲だった。

でも、彼女は他の仲間と何かが違った。自分との間に、ほんのりと静電気が生まれている気がした。カラオケに行ったら当然の流れのように隣に座る。買ったマンガをお互い一番に貸し合う。部室でふたりきりになると、「今日は風が気持ちいいね」なんて普段言わないようなことを言ってしまう。

「友だち以上」ではあった。ただ、その感情をいちいち口にしようとは思わなかった。これは手をかけずとも咲く雑草のようなものだと感じていた。先のことなんて何も考えなかった。それで良かった。

しかし三年の学祭を前にしたある放課後、見覚えのない男子生徒が彼女を訪ねてきた。ちびで、手折れそうな真っ白い腕をしたそいつは、開け放したドアのあちら側から彼女を呼んだ。大きな紙を差し出す。学祭のポスターの図案だった。その男は、ポスター担当の美術部員なのだった。どうも彼女と同じクラスらしく、くだけた感じで話をする。

俺は窓際の席から、廊下に向かって立った彼女の後ろ姿を見て、ひゅっと背筋の芯《しん》を抜かれたように凍り付いてしまった。横髪の向こうにかすかにのぞく彼女の頰が、明らかにいつもと違う弾力を持っていたからだ。見ただけでわかった。むろん、ほんのりとばら色がかってもいた。

その瞬間のさまざまな感覚といったら。目の裏がぴりぴりしたし、首の裏が噴き出した汗にぬるついたし、にぎったこぶしのなかはサウナのように蒸したし、学生ズボンの内側をひゅっと冷風が撫《な》でたような気もした。いっぺんに身体のあちこちが反応を起こして、ただ冷静に動いているのは耳だけになった。

「……だからさ、思い切ってピンクを使っちゃって。あくまでこれ、ミルキーで」

「うっそ、かわいー、みんなびっくりするよ!」

美術部の奴の、落ち着いた物言いが癇《かん》に障った。ポスターの図案を受け取った彼女ははしゃいでいるのに、男は表面上浮かれず、適度にやわらかい表情をたたえたままだった。それなのに、ふたりの間に温度差が一ミリも感じられず、そのツーショットが自然だったから、余計に苛々《いらいら》した。

——なんだよ。

俺はふたりから目を逸《そ》らして、自分の腿《もも》の上に手を置いた。

——俺じゃないのかよ。

そう思った。直後、後悔と羞恥《しゅうち》に襲われたけれど、思ったことは消えなかった。かっと頬に焼かれたような感覚が走って、俺は強くこぶしを握っていた。

「……じゃあ、それよろしくな」

「うん、またねー」

男が去っていったあと、満足気なため息がふうと聞こえた。それから「現実に戻るため」みたいな小さな間を置いて、彼女が振り返るのがわかった。

「準？」

——ああ、くそ。

その声が、気遣いに満ちていて、いっそどこか卑屈な感じさえしたから、俺は泣き出したくなった。彼女は察している。きっと俺の顔が真っ赤だったり、眉《まゆ》が変につり上がっていたりするんだろう。

——消えろ、俺。

消えるのは俺じゃなくて、感情だけでよかったのだけれど、指や耳の先まで、自分のすべてが、その泥臭い感情で満たされていたから、全部を捨てたくなった。

相変わらず一箇所だけ冷静である耳から、切れ間のない音が聞こえていた。背中にした窓に当たる、雨の音だ。雨はガラスの上を流れて、ターと鳴っていた。六月だった。

それ自体は「忘れられない恋」とかではなかったと思う。ただ、忘れられないのはあの、雨の音を聞いている時の感情だ。こんなまどろっこしいもん捨ててしまいたい、という強い念。


みゆちゃんからの返事は、その日のうちには返ってこなかった。

翌日も朝から雨で、無性に出かけたくなかったのだけれど、仕方なく学校に行った。学校までは、川べりを歩いて途中で右に折れたら徒歩十分、たいした距離じゃない。

ぼーっとしているせいか、時間を読み違えて、ずいぶん早く教室に着いてしまった。一限前なので、教室に人は居ない。黙っていつもの席に着き、窓の外を眺めた。五階の教室からは、向かいの棟と空しか見えない。それさえも雨がかき消して、視界はほとんどただの灰色に近かった。

胸の隅に小さな蜘蛛《くも》が巣食ったようだ。陰気な俺ってレア。とか思うのも一瞬で、自分を省みる余裕さえろくにない。

濃紺のスカートに白いソックス。いかにも進学校らしいダサい制服が頭に浮かぶ。切り取った思い出、であるさまざまな断片が支離滅裂に流れていく。彼女の棒タイがほどけているのを見て、「これ一回結んでみたかったんだよねー」なんてへらへらしながら、差し向かいに結び直してやったことがある。「静電気」が強まる気がした。ここちよいぴりぴりがあって、目を伏せた彼女を少し上から見下ろした俺は、思わず彼女の頭をひと撫で、くらいしそうになった。けれどもその瞬間、「うわっ、曲がってる、直した意味ないじゃん」と彼女は窓のほうを振り返って慌てたように飛び退いた。窓に映った自分の襟元を見ながら、俺が結んだ棒タイをほどく彼女を眺め、照れてるのかも、なんて思ったけれどあれは間違いだったんだろう。

しばらく、移ろう思考に身を任せていたのだけれど、バイブ音が割り込んできて我に返った。バッグをさぐって携帯を取り出す。メール一件。

〝昨日返事できなくてゴメン〓　日曜日、よろこんで～。どこいく?〟

みゆちゃんだ。「〓」にハマる絵文字はなんだったのかわからない。俺はａｕでみゆちゃんはボーダフォンだ。電話会社の違いくらい憶《おぼ》えといてもいいんじゃない、と思ってしまってから、その考えを打ち消す。

——なーんで俺って意地悪なの、根性曲がってんの、かわいい彼女がいれば全部許したってもいいじゃなーい。

机の上に頭を伏せてぐりぐり（自分に刑）をしたところで、真横に気配を感じた。声にならない声を発してしまう。気付いたら、ひとつ飛びの隣に、中野さんが座っていた。

「やっと気付いた」

中野さんは既にカバンを机の上に下ろしている。なおかつ、明らかに昨日までと違うところがあった。髪だ。

彼女は黒く重苦しかった髪をばっさりと切り、軽く茶色に染めていた。ところどころパーマのかかったショートヘアで、一気に垢抜《あかぬ》けた印象がある。幼い丸顔が強調されているような気もするが、前の「ほぼおかっぱ」よりははるかに明るい。

どこから問うていいのかわからず、迷った末に、「髪」と言った。中野さんは軽く頭を振った。

「へっへ、憧《あこが》れの先輩の真似してみただけ。もうちょっとフツーのショートでよかったんだけど、星子ちゃんオススメの美容院に行ったらこうされちゃった」

振った頭から、かすかに美容院のシャンプーの匂いがただよってくる。嫌いじゃないのでくんくん嗅《か》いでしまった。

「すっげー、パッとしたよ、中野さん。モデルみてー」

とりあえず誉めると、中野さんはちょっと笑った。でも、「ありがとう」とも「そんなことないよ」とも言わなかった。

「それより、なんかあったの、準くん。すっごいぼーっと外見てたよ」

思いっきり直球、とびびったけれど、後に続いたのが「そんなに彼女にぞっこんなの」という的外れな台詞《せりふ》だったので、内心ほっとした。そんなに痛いところばかり突かれては困る。

でへへ、と笑って流そうとしてみた。でも、中野さんはにこにこしているだけでなんのフォローもしてくれなかった。

「……あの。なんか言ってよ」

「え？　えーと、『ノロケがあったら聞いてもいいよ』」

「じゃなくて！　話題を転換してくれってことだよ！　流そうとしてるの察してよ！」

この人とはとことん噛《か》み合わない。さすがいて座とおうし座だ、ダメだ。俺のインチキ占星術でもわかる。

俺に突っ込まれると、中野さんは「あ、もしかして逆？　彼女とうまくいってない？」とさらに直球を投げてきた。ここまでされるとどうしようもない。いっそ話してしまおうか、という気になった。

――中野さん、俺ね。みゆちゃんのこと別に好きじゃないのよ。クレバーに生きたいだけなのよ。

「準くん？」

――あんなグシャグシャな感情捨てようと思った、ってそれだけなのよ。大学生だし。夏だし。十九だし。

相変わらず教室には人気がなかった。反対側の窓際や、教卓の前、逆に後ろ側には何人か学生が着き始めていたけれど、話し声はあまり聞こえない。誰も電気をつけようとしないから、室内は雨降りの外より暗かった。

「中野さん」

がわかる。こういう、高校生の頃と寸分違わない自分が発現する瞬間が嫌で嫌でたまらない。

「雨って、ターって聞こえない？」

はいセンチメンタル病、と自分で自分に指摘したくなった。顔がちょっと赤くなったの

「ん？」

けれども、中野さんの反応は「聞こえるよ」というそれだけだった。びっくりして顔を上げると、彼女は相変わらずにこにこしているだけだった。お母さんかよ！　というほどの落ち着きっぷりだ。びびったり引いたりするポイントは、人によってほんとうに違うらしい。

「俺、センチメンタル病なんだよね」

勢いでそう告白したら、「なにそれ」と真顔で言われた。中野さんは無理に笑わない。

日曜日のデートは、みゆちゃんからのリクエストによって渋谷になった。単館上映の映画を見て、カフェで一休みしたらショッピングビルを流し、まああとは適当にという、カップルならばごく当たり前のコースだ。

ちなみに俺は、渋谷訪問がまだ二回目。サークルの飲み会で、朝まで飲めるところを探して山手線でふらふらとやってきたところがここだった、というわけで、日曜の昼になど来たことがない。朝の五時に帰った、その時の人気《ひとけ》のなさばかりが印象に残っていたから、

みゆちゃんと並んで駅前のスクランブル交差点に立ったら人の多さにくらくらした。

「どっちよ、映画館て」

せめて道が十字に交わっていればいいのに、なんだかナナメに走っている。ナビゲートする自信はゼロだ。俺がぼやくと、みゆちゃんが心底びっくりしたという感じで珍しく大きく口を開けた。

「えーっ、調べてないよ、そんなの！」

彼女が叫ぶのと同時に信号が青に変わった。いっせいに人が流れ出す。

「君、東京の人でしょ。映画なんて何回も見に来てるんじゃないの」

「だって、渋谷って映画館すごいいっぱいあるんだもん。名前も『シネナントカ』ばっかりで、いちいち区別なんてできないよ」

——彼氏が全部調べてくれたわけっすね。

嫌味が喉《のど》まで出かかった。でもこういう時こそこらえて笑顔を作るのだ。

魔法の呪文はクレバークレバー。意味のない喧嘩《けんか》なんかしたってしょうがない。楽しく生きなきゃね。後悔があろうとそう決めたんだしね。

「ごめんごめん。じゃ、携帯で調べてみるわ」

俺はバッグのポケットから携帯電話を出し、ウェブブラウザを起動させた。うまくすればナビゲートはこれで済むだろう。

後ろから流れてくる人が、立ち止まった俺たちをいかにも邪魔そうに振り返りながら追い越していく。みゆちゃんは無表情に、自分の右腕を左手で胸のほうに寄せて抱えていたけれど（癖なんだろう）、やがて横断歩道の隅に寄った。

「ちょっと、そんなとこ居ると邪魔になるよ」

青信号が点滅する。俺は彼女の横に走り寄ってから、おもいっきり口角を上げるよう意識しつつ、携帯をいじった。

結局、お目当ての映画館の場所がわかるまで信号は三回変わり、地図をダウンロードしたはいいが道を間違え、着いた時には映画の予告編が始まっていた。

映画は面白かったけれど、ひとりで見ればよかったと思わないでもなかった。満席のカフェで席が空くのを待つ間、みゆちゃんは押し黙っていた。

五時に、駅の改札前で別れた時には、灰色の雲が垂れ落ちそうなほど低く集まっていた。

「あたし、友だち呼んでもうちょっと遊んでくから」

携帯を片手にそう言ったみゆちゃんに、「おっそくまで遊んじゃダメよーん」とおどけてみせたけれど反応はなかった。

「じゃあね」

手を振って、あっさり人混みに戻っていく。彼女の後ろ姿は、擬態でジャングルに溶け込む爬虫類《はちゅうるい》のごとく、すぐに周囲の景色と同化して消えてしまった。

この後、仲の良い女友だちを呼んで、俺の手際の悪さを愚痴るんだろうか。それとも、男友だちを呼ぶんだろうか。華やかな彼女の周りには、いくらでも男が寄ってくるだろう。

俺の代わりなんか、くさるほど居るだろう。

山手線に揺られながら、考えは悪いほうに悪いほうに行った。それでも、悪くったって

いいじゃん、とクレバーな俺が言うから、平静で居られた。

――あんなかわいい子と付き合うんだから、それくらいあって当然だろ。次がんばりゃ

いいんだ、あと一回くらいチャンスはもらえる。

渋谷はもうナシだ。もうちょっと人の少ない、道に迷わないようなところにしよう。水族館なんかいいんじゃないだろうか。葛西《かさい》臨海、昔家族と旅行で来たけど、あれは迷いようがない。日曜は混むだろうが、平日にすれば問題ない。

計画を練っていれば楽しくもなる。今日がたまたま悪かっただけで、次に会う時はめちゃめちゃ楽しい、という気にもなる。だって後楽園は楽しかったし、唇をぷるんとさせて微笑んだみゆちゃんは完璧《かんぺき》にかわいかったし。

――星だ。今日はちょっと星回りが悪かっただけだ。俺とみゆちゃんはもともと相性がいいのだ。

隣のつり革につかまった女のイヤフォンから、音漏れがしていた。いかにも歌謡曲的なラブソングがシャリシャリ言う音と混じって聞き取れる。あなたを愛してるとか支えたいとか喧嘩はしても大事だよとか、ああ俺もこんな歌詞みたいに周りが見えなくなってしまいたい、みゆちゃん以外どうでもよくなりたい。

――楽しく生きたい。

講堂裏のカフェテリアで中野さんに会った。食事を終えて空になったトレイを持って、サークルのたまり場から立ったところでぶつかりそうになったのが彼女だった。

「わ、あっぶなー！　またぼーっとしてる！」

俺が悪かったような、でもひとりでのろのろ歩いている中野さんも悪かったような、わからないけど先に怒られたので「ん？　ごめん」と謝った。

彼女も今食べ終わったところらしい。片手に、空っぽのどんぶりがのったトレイを持っている。流れで、食器置き場に向かって並んで歩くことになった。

「なに丼？」

「親子丼。ほんとは牛丼食べたかったんだけど、カロリー表見てびっくりしちゃって」

「ダイエット？」

「ってほどのことでもないけど。太るより太らないほうがいいから」

中野さんも中野さんなりに容姿を気にしているらしい。俺はぽっちゃりも好きだけどね、と口が滑りそうになるのを慌てて押さえた。

「……そういえば、髪切ったのも、なんかそういう……かわいくなりたい欲求？　てか、恋？」

横から指でつついてみる。中野さんは「ヤーン」と結構嫌そうに避けた。それから体勢を立て直して、ちょっと誇らしげに口を結んだ。

「かわいくなれば、演説で立ち止まってくれる人が居ると思って！」

――馬鹿な。

脱力する。ひさびさに「左」ネタを聞いてしまった。

「本当にサークルに一生懸命なんだね……」

適当なコメントで流そうとしたけれど、「サークルに一生懸命なんじゃないよ！」と力強く返されてしまった。

「サークルとかじゃなくて、もっと――」

そこまで言いかけて、ぱっと口をつぐむ。中野さんは恥ずかしそうに右手を顎《あご》に当てると、「あ、ちょっと、走り過ぎちゃった……」とつぶやいた。

俺はその彼女の熱さを、心底うらやましく思った。それでつい、口を開いていた。

「すごいね、明確に好きなもんがあって」

「え？」

「楽しそう。中野さん」

――あ、卑屈っぽい、今の言い方。

反射的にぎゅっと唇を結んだ。しかし言ってしまったものは戻らない。混み合うテーブルの間を三歩ぐらい歩いてから、そっと隣をうかがうと、中野さんが顔を曇らせてこちらを見ていた。

また怒らせたかも、と思って、慌てて弁解の言葉を探す。けれど、先に口を開いたのは彼女のほうだった。

「ごめん、自慢っぽかったね。私、別に具体的になんかできてるわけじゃないのに」

びっくりした。中野さんが「ごめん」と言うとは。しかも謝られる場面じゃない。

ぽかんとしていると、彼女が俺のぶんのトレイを取って、すぐ目の前の食器置き場に置いた。カタン、と周りのお喋《しゃべ》りのなかにプラスチックのぶつかる音が響く。

「まだ昼休みあるし、ちょっと散歩でもしない？　私、まだキャンパス全部まわってない気がする」

中野さんが言った。俺はたった今までサークルの人たちとしていた彼女ネタのお喋りを忘れて、いいよ、とうなずいていた。

カフェテリアを出ると小雨が降っていた。折り畳み傘を出して、キャンパスのなかを歩いていく。マンモス大なだけあって、確かに、まだ見たことのない棟もある。案内の看板を見ながら、ぐるりと半周することにした。

「雨、嫌いなんだよね俺」

濡《ぬ》れて濃い色になったコンクリートの地面に目を落としながら、嫌いなはずの自分語りをしてしまっていた。

「思い出すことがあるっていうか」

「何？」

「雨の日に振られてさ。っていうか、振られるもなにも、告ってもないんだけどさ――」

俺の話を、中野さんは黙って聞いていた。雨がスニーカーの先を濡らして、靴下が湿るまで、俺たちは長いこと歩いていた。

特にアドバイスもコメントもなかったけど、そういうのは全部「クレバーな俺」がしてくれることだから、わざわざ他人に求めるまでもない。

重ねた放課後。窓からの風ですぐ書類もラクガキも誰かのノートも飛んでしまうようなぐちゃぐちゃの生徒会室。

春夏秋冬の景色を全部憶《おぼ》えていて、その映像を集めたら映画を一本撮れそうな気までする。でも、映画だったら役者がいない。窓際にたたずんで、本当に普通、似顔絵が描けないくらい普通の顔をしている彼女は、芸能人には演じられない。みゆちゃんの役ならハセキョーでもエビちゃんでもなれるだろうけど、あの彼女には代わりが居ない。声も、成績表に載る偏差値も、なにもかもが当たり前の彼女。でも彼女にしか、彼女を演ずることはできない。

雨が相変わらず窓を濡らして、俺は天井を見ながら畳の上に大の字で寝ていた。やることのない休日なので、インチキにも多少磨きをかけようと、学校の図書館から借りてきた占星術の入門書が横にあるが（大学の図書館ってのはなんでもある）、十五ページまで読んで閉じたままだ。

「もしもーし。永浜君居ますかー」

ノックとともに声が聞こえた。「開いてる」と返事をすると、ドアノブの回る音がして、アズマが入ってきた。

「腐ってますね」

靴の置き場もろくにないような玄関で、アズマは窮屈そうに傘の水滴を落とした。靴と一緒に靴下も脱いで、畳に上がってくる。ドアを開けるとキッチンじゃなくいきなり和室、という変なアパートなのだ。俺はあおむけに寝そべったままアズマの顔を見上げて「腐ってますとも」と返事をする。

「暇だから来てみたんだけど……どうよ、身になりそうにないの、これ」

アズマは俺の横に腰を下ろして、占星術の本を手に取った。

「星座の四分類まではいいんだけどね、太陽以外の星が入ってくるとわけわかんねえ。火星とか、冥王《めいおう》星とか……」

俺が言うと、アズマは本を持ったまま噴き出した。

「冥王星?」

「冥王星。ちなみに、俺もお前も冥王星は蠍《さそり》座」

「なんだそれっ、すげーな!」

「すげーだろ……」

そこまで話すと、会話が途切れた。アズマは俺に背を向けて、本を開く。ぱらり、とページをめくる音の背景には、相変わらずあの雨の音が続いていた。

「結構面倒なこと勧めちゃったな」

つぶやきが聞こえた。俺は天井だけ眺めながら答える。

「いンだよ。それなりに役に立ったし。アズマの言う通り、男が星占いってかなりウケるね、これで常につかみはオッケー。一生使えそうだよ」

「一生ね」

アズマの返事は一言だったけど、含意を感じた。

「……一生、つかみはオッケーとか言ってるのかな、俺」

それを汲《く》み取って言うと、アズマがひょいとこちらの顔を覗《のぞ》き込んできた。

「なんか、ごめんな」

ずり落ちたメガネを中指で支えながら、アズマが言う。また謝られてるよ俺、と思いながらもフォローはしなかった。

胸に両手を置いてみる。肺がふくらんだりしぼんだりしているのがわかる。

大学合格が決まった時の会話が蘇《よみがえ》ってくる。それまで俺たちは、どこか「情報交換仲間」的な関係であって、よく一緒に居たけれど、決して親友ではなかった。利害関係の一致で付き合っているような気もした。でも、電話で受験の結果を報告し合ったその日、俺とアズマは母校である中学の前で待ち合わせて会い、ぎゃあぎゃあ騒いだのだった。受かったっ、ほんとに受かったっ、と、「クララが立った」ばりに両手を取り合って踊り出しそうなほど浮かれた。

その時、俺は勢いにまかせて打ち明けた。

——俺ね、あんまり高校楽しくなかったんだよね。いまいち弾《はじ》けられないっていうか、スムーズに行かないっていうか。だから大学行ったら、すげーはっちゃけたいんだよね。

その時は心からそう思ったのだ。未来が明るくありますように、なにか俺の心をかっさらって遠くへ持っていく力が、これから生まれますようにと、本気で祈ることができたのだ。

——それって女子ウケとか？

アズマも、メガネが似合う落ち着いたキャラのわりには浮かれて、頬をふくふくさせていた。

——女子ウケ！　イエス女子ウケ！

すっかりネジのゆるんだ俺が跳ねると、アズマは発明を依頼された博士のごとく、どこか嬉《うれ》しそうな顔でメガネのフレームを持ち上げて言った。

——俺が何か作戦を考えてやろう。

考えてやろう、と言ったわりには、しょせんひらめきに過ぎないようなスピードで、アズマは回答をよこした。

——星占いだよ。星占い。初対面の子にさ、「何座？」って訊《き》いて、相性占いすんの。

お前がやったらウケそう。

——うわ、それイケてる、一周してイケてる！　さすがアズマだな！　クレバーだ！

俺はアズマに飛びつかんばかりの勢いで答えた。そうして、さんざんふたりしてはしゃいだ後、その足で地区図書館に行った。占いの本を借りるためだった。

あくまでも本気だった。足取りは軽く、道のアスファルトも乾いて見えた。冬が終わる、と思った。


「なんか、ナツカシーわ、あれ」

思わず声に出してつぶやいていた。アズマはまた俺の視界の端に戻って、本と向き合っていたけれど、顔を上げてこちらを見た。

「年寄りみたいなこと言うなよ」

「だってホントなんだもん」

急激に、距離感がわからなくなる。あそこは故郷で、ここは東京。でもあれって、ほんの三ヶ月前のことじゃないか？　そんなに昔のことじゃないのに、何を俺は恋しがっているんだろう。

「……あ、アレがよかったのかも。これからなんか始まるっていうアレが」

思いついて口にすると、冷徹な返事がかえってきた。

「終わってんのかよ、みゆちゃんは。やることやったの？」

「やってない。案外下品だな、アズマ」

「……お前のレベルに合わせただけだ」

雨の音は続く。いっそ眠って夢でも見ればいいのに、いつまでたっても眠くならない。むしろ、意識はさえざえとしてきて、思考の歯車を回し出す。

——これからなんか始まるっていうアレ？　みゆちゃんは終わってる？

言葉にして問うてみる。いや、終わってなんかない。みゆちゃんは付き合い始めだし、それこそキスしたりその後もろもろ、発展の余地はあるはずだ。それでもそこに、なんていうんだろう、燃えない。終わったもなにもない。

じゃあ、生徒会の彼女には燃えるのかと言われるとそうでもない。彼女は地元の国立大に受かり、引っ越す前に部員みんなでお別れ会をしてそれっきりだ。メールアドレスは交換したけど音沙汰《おとさた》もない。他の部員から聞くところによれば、元気にやっているらしい。それでじゅうぶんだ、これからどうこうしようという気はない。

ただ、俺は、どこか他のところに行きたいのだ。パッと開けた、めくるめく世界が——あの雨の音と、後悔と、羞恥《しゅうち》を、さっと消してくれる光に満ちた世界が——ちゃんと先に待っていると信じたいだけだ。

「どっか行きたい」

言葉にするとそうなった。六畳間に自分の声がはっきりと響いた。

「すげーお尻《しり》の青い発言だな、そりゃ」

いつの間にか本に没頭していたらしいアズマが顔を上げて言った。けれども俺は、跳ね起きるとアズマの肩をつかんでもう一度言った。

「どっか行きたい、のっ俺は」

「自分で行けよ！」

三回目のデートは大学の傍の喫茶店だ。みゆちゃんの通う女子大は川を越えたらすぐなので、わがままを言って空き時間に来てもらった。

「話って？」

人気はまるでない。学生街の喫茶店らしくない、コーヒー一杯六百円という値段設定のせいか、昨日から止まない雨のせいか。道路に面したテーブルを陣取った俺たち以外、店内に客の姿はなかった。

「俺のこと振ってください」

テーブルにつくぐらい頭を下げた。紅茶に伸ばした彼女の手が、静かに止まるのがわかった。

「なにそれ？」

きょとんとした返事がかえる。でも、どこか「とりあえずとぼけた」的な声色でもあった。

「俺はみゆちゃんのこと振るタマじゃないから、みゆちゃんに切り出して欲しいってこと」

「そんな」

彼女の声が話をさえぎろうと割り込んできたけれど、俺は頭を下げたまま、昨日一晩考えたことを一気に告げた。

「なんか違うって思ってるの、俺だけじゃないでしょ。ってお互い悪者にしたら悪いんだけどさ。でも、俺からみゆちゃんに別れを切り出すとかありえないじゃん？　こう、ズバッと振って欲しいのよね、くそみそにね」

間があった。店内に低く流れている音楽が、あるはずの雨の音を気にならない程度にかき消していた。トランペットの目立つジャズが、八小節くらい鳴ったあと、みゆちゃんがため息をついた。

「それって振ってるじゃん、実質」

不機嫌ながらも、落ち着いた口調ではあった。

「ここで『じゃあ振ります』って言うほどバカじゃないよあたし」

いい加減、頭に血が上ってきたので顔を上げた。みゆちゃんは、俺を見つめながらゆっくりとティーカップに口をつける。ひと口、飲み下す。その動作のきれいさは、やっぱり本物だった。ニシンのパイを焼くママが居ても全然おかしくない。

また静かにカップを置くと、彼女は口を開いた。

「ま、いいけどね。それで準くんの気が済むなら」

それで、というのは明らかに、このやり方を指していた。少し恥ずかしくなる。けど、高校時代のあの日ほどじゃない。

「準くんのこと好きだって言い切る自信はなかったし……こんなこと言うのもやだけど、はっきり言って、あたしの方がスティタス的に高いって思ってもいたよ。振るのはこっちだ、って」

俺は黙って彼女の言葉に耳を澄ます。そこまで言うと、彼女は椅子から立ち上がった。

「振った方が払うってことでいいよね？」と伝票を俺のほうに滑らせる。カバンを持つのも流れるような一動作だ。さっとテーブルの横を抜けると、もうドアの前に立っている。

「後学のために、ひとつ訊いていい？」

そのまま出ていくと思ったのに、みゆちゃんは一度振り返った。

「何？」

「あたしのよくないところって何だった？」

少し考えた。それから「俺との相性」と言った。

彼女は眉《まゆ》を曲げて苦笑すると、ドアの向こうに消えた。からん、と古風なドアベルの音が響いて店内に残った。「なんで上手《うま》くいかないかなあ」と独り言が聞こえた気がしたけれど、ベルに混じって空耳アワーになったのかもしれない。

テーブルの上には澄んだ色の紅茶が残って、まだ湯気を立てていた。外はまだ、雨だ。

四限の開始を前に、学校に戻ると、他の学部の校舎の前に立っている中野さんを見つけた。玄関のところに立って、畳んだ布らしきものを抱えている。横に、やたらきれいな顔立ちの女子が立っていた。正統派のショートカットをしている。中野さんとは似ても似つかないシャープな顔立ちで、でも並んだふたりは似ていないなりに姉妹のように見えた。

声をかけようとしたところで、中野さんと居る美女の手のなかに、拡声器があるのに気付く。あ、サークルの人か、と一歩たじろいだけれど、たじろぐこともなかろうと思い直して手を振った。

「中野さん！」

雨の音に負けず声が届いたらしく、中野さんがこちらを見た。手を振り返してくれる。駆け寄って同じ屋根の下に入り、傘を畳んだ。

「何してんの？」

俺が訊《き》くと、中野さんはいつもの調子で「サークル活動」とあっさり答えた。

「演説なんだけどね、雨上がんないかと思って待ってるの」

「へえ」

屋根の下から空模様をうかがったら、中野さんの向こうに立っている美女と目が合った。彼女が口を開く。

「クラスの人？」

「あ、はい」

「そうです」

中野さんと俺で、返事がかぶってしまった。質問の仕方からして、美女は先輩らしい。

「ふうん」とつぶやいて、あさってのほうに視線を戻した。

「……あの。か、彼氏とかじゃないんで」

中野さんが、先輩に向かって弁明をする。そりゃーすっごい直否定だな、と思ったけれど、中野さんは俺がぽかんとしたのに気付かずに、美女のほうばかり見ていた。

——「憧《あこが》れの先輩の真似してみただけ」。

髪を切った時に言われたことを思い出す。えっ、と叫びそうになったのを慌てて呑《の》み込んだ。「先輩」が男であるビジョンは、俺の思い込みだったらしい。

——ああ、でもこりゃあ「憧れの先輩」でもおかしくないな。

シャツ一枚にジーンズという恰好《かっこう》なのに、彼女は明らかにオーラを放っていた。目元と襟足が涼しい。

「いいよ、ふたりで喋《しゃべ》ってて。もう雨止まないだろうから、これ置きにいくね」

先輩が中野さんの手から布を取った。横断幕だったのだろう。「えっ、いいですよ！」と中野さんが言ったけれど、先輩は目を細めてきれいに笑ってからこちらに背を向けた。校舎に入ってすぐの階段を、駆け足でのぼっていってしまう。中野さんは、彼女の首筋の辺りを、しばらく目で追っていた。

先輩が完全に消えてしまってから、中野さんはやっと俺を見た。なんだか照れたような、ふてくされたような顔で、いかにも目を逸《そ》らしたそうにこちらを見る。頬が、ほんのりばら色に染まっていた。

——デジャブ？

俺はぱっと顔を背けてしまった。中野さんも、俺から視線を外すのがわかった。

雨が鳴っている。すぐそこの、廊下の窓を叩《たた》いて、タ一と鳴る。

雨音の陰に、自分の鼓動が聞こえ出した。

——落ち着け俺。これは楽しくないぞ、女の先輩に本気で憧れてるような娘でいて座でその上左翼だぞ。

「……どうしたの、準くん」

中野さんの声が言う。俺は傘を外に向けて雫《しずく》を払い落としてから、そちらに向き直った。

「あのさ！」

切り出したまではいいけれど、後が出てこない。何から話せばいいのだろう？　今みゆちゃんと別れてきたことか、高校の時の苦い思いか、春の日にアズマとはしゃぎあったテンションだけで星占いに手をつけたんだってことか。

ぐるぐると、胸の内側で水のような感情が渦を巻く。それはもう勢いよく、雨にも負けず。

「俺どっか行きたいんだよね」

気付いたらそう口走っていた。中野さんはちょっとこっちを見て、それから雨の降るキャンパスを振り返って、また俺のほうに視線を戻した。

「そうだね」

穏やかに言った彼女の後ろで、アスファルトの小道が雨に濡《ぬ》れて光る。今日の雨は冷たくなく、少し蒸して半袖《はんそで》の腕に熱を持たせた。

本当は急《せ》かさなくていいのだけれど、待ち遠しい気持ちは消えないから、俺は素直に、夏来い、と思った。「クレバーな俺」も何も突っ込んでこない。というか、そんな奴はもう影もない。

どこまで行けるか言わないで

「と、いうわけで、あたしはココ辞めて新しいサークルつくりますが、ついてくる人」

奥村が長い演説を終えて言った。私は事前の打ち合わせ通り、心の中で三秒数えてから立ち上がる。あらかじめ吹き込まれたことを忠実に守った。落ち着いて、何も言わずに立つこと。椅子をひとつはさんで右隣の席では、マルちゃんが立ち上がったのがわかる。彼女は今日もミニスカートから生脚全開で、肌色が視界の端にちらっと見えた。あたし、奥村、マルちゃんの三人が立っていることになる。奥村は私のほうに目配せをしたりせず、じっと部長の顔を見据えていた。

七号館のラウンジの端、いつものたまり場で開かれた二週に一度の定例会議。普段は「会議」なんて名前ばっかりで、新しい映画の制作に入る前は、三年生や四年生の「俺はこんな映画を撮って日本映画界に新風を起こす」という超ドリームな語りを聞くだけの場だし、制作に入ると、「思ったよりうまくいかないんだよねー」的な愚痴の聞き合いっこ、つまり「このくらいの出来で勘弁してね」って馴《な》れ合いの場になるのが普通だ。スナック菓子の空き袋と食べこぼしが溜《た》まっていく、ペットボトルの中身がぬるくなっていく、ただそれだけの時間。でも今回は違う。

「……奥村さんが新しい映画を撮りたいのはわかったけど、池田さんと丸山さんに、事前卑怯《ひきょう》なんじゃないかな」

　誰も言葉を発しないからだろう、部長がため息交じりに言った。

「全然卑怯じゃないですよ。あたしはただ、新しいサークルのビジョンについて事前に彼女らに相談して、賛同を得たまでです」

　奥村はタンクトップから出た腕を組んで、悠然と部長の意見を突っぱねる。二年生とは思えない貫禄《かんろく》だ。

「えー、他に、この機会に新しい映画サークルの設立に関わりたい人、いませんか。質問あれば受けますよ」

　奥村が周りに目を向けて言うと、おずおずと一年生が手を上げる。奥村が「はい、君」と指名すると、萎縮《いしゅく》した声で質問をした。

「具体的に、制作予定の作品は決まっているんですか。方向性だけでも」

「決まってます。さっき言ったように、『自己満足ではなく、確かな価値のあるもの』『あたらしい市場を拓《ひら》けるもの』『真に観客が望むもの』というコンセプトを踏まえた上で」

　奥村は手元のメモを見もせずにそこまですらすらと答え、ひと呼吸置いてから言った。

「女性向けピンク映画を撮ろうと思ってます」

　ざわめきが起こる。テーブル三つ分、十五人くらいが集まった小さな場ではあるけれども、一気に波が立つのがわかった。「ピンク映画て」「無理だろ」「奥村そんなん撮れんのかよ」と、大小の声が上がる。質問をした一年生は、急に居心地悪そうになって肩を縮めた。「ってことはマルちゃんが脱ぐのかあ」という冷やかしも飛んだ。マルちゃんはつんと澄まして黙ったままだ。私も口を閉じて、部員の顔を右から左へ眺めていく。遠くから珍しいものをつつく、ただの野次馬みたいな顔ばかり。こんな人たちとこれ以上一緒に映画ごっこをせずに済んでほんとによかった、と内心で思った。

そっと奥村をうかがってみると、歯をむきだしにして笑いそうなのをこらえたような横顔をしていた。来たぜ来たぜ、とはしゃいでいるんだろう。

「他に誰か、こっちに移りたい人居ます？」

ざわめきを押し返すように奥村が言うと、水を打ったように場が静まり返った。野次馬はしょせん野次馬だから、なるべく私たちに関わりたくないらしい。

「じゃ、そろそろ話はおしまいってことで。お世話になりましたっ」

奥村がいささか投げやりに頭を下げる。私もそれにならって、一歩引いて「お世話になりましたっ」と復唱した。ちょうどマルちゃんの高い声もかぶった。

まだフリーズしている会議の様子を尻目《しりめ》に、私たち三人は堂々とラウンジを出た。そのままエントランスをくぐり、中庭に出て、植え込みをまわる。ガラス張りのラウンジが見えなくなったところで、シャンパンのコルクがぽんと飛ぶような勢いで、溜めに溜めたものがあふれてきた。

うきゃーっ、と黄色い声を上げて奥村に飛びついてしまう。

「すごい、なんかすごいよ奥村あ！」

反対側からマルちゃんも飛びついてきた。

「私も、ドキドキしちゃったー！」

女子ふたりに両側から抱きつかれてなお、奥村は照れる様子もない。

「ばーか、これからだって。夏休み中に映画つくって、あいつらなんかぎゃっふーんの、けっちょーんの、かっつーんだぜ！」

腕組みをしたままのけぞって笑う。奥村はほんとにエラそうだ。植え込みの中央に立った大学の創始者の銅像と競える。けど、その王様っぷりも今日は気にならない。

梅雨明けの空からきんきんに降る日光の下で、私たちは笑った。新しいサークルの幕開け。ずいぶんと遅く咲いたつつじの花が、植え込みのなかで濃いピンクの色をまぶしく放っていて、目の裏に色が焼きつけられそうだった。

私たちはサークルに同期で入った同い年だ。一般的に男子が多い映画サークルで、珍しく新入生が女子三人だけ、という年で、先輩たちからは露骨に残念がられた。「女子は結局機材も大道具も運べないからさ、使いづらいんだよね」なんて口走った男の先輩も居た。そんな状況だから結束は固かった。Tシャツとパーカとジーンズしか持ってないらしい、「ザ・おとこおんな」の奥村、常にミニスカートで足元はサンダル又はブーツの「ザ・マドンナ」マルちゃん、そして、地味だった高校までの人生を捨てるべく「mini」や「spring」を読みまくっておしゃれっ子を気取った「ザ・大学デビュー」の私――全くジャンルの違う三人だったのに、すぐにお互いの家を行き来するくらいに仲良くなった。もちろん、三人とも映画好きという当然の共通項もあった。マルちゃんは「下妻物語」から「月曜日のユカ」までガーリーなやつを、奥村は「茶の味」や「ピンポン」なんかの単館系邦画を、私は「ローマの休日」から「ひまわり」まで古き良き時代の名作を、それぞれコレクションしていたので、各家でプチ上映会を開き、片っ端から見まくった。

　いっぽうでサークルでは、女だからってなめんな、と奮起し、釘《くぎ》を打つような仕事でもなんでもがんがんこなした。一年生はだいたい雑用しかできないので、奥村もマルちゃんも細腕でめいっぱいの力仕事をした（私は細腕じゃないから平気でこなせたけど）。

　初めてサークル専用の映写機を見た時のことはよく憶《おぼ》えている。夏休みの少し前で、三人で居残って部室の掃除をしている時に、奥村がカバーをかぶった謎の物体を見つけたのだ。「何コレ？」「見ちゃえ見ちゃえ」とカバーを取り払ったら、中から小型の（といってもかなりでかいけど）映写機が出てきてびっくりした。普通、新入生には部室で映画くらい見せるものだろうと思うけど、うちのサークルは普段それほど部室を使わないので（部室のある学生会館がキャンパスから離れているせいらしい）、映写機など見た事がないし、存在を確かめようとも思わなかったのだ。

　私たちは、いきなり目の前に現れたそれにいたく歓喜した。べたべた触ることもできず、指でつついたりしながら、「さすが大学だ」「すごいすごい」とはしゃいだ。これに、自分たちで撮ったフィルムを乗せられる日が来るかもしれないのだと思うと、胸が高鳴った。

それはみんな同じだったらしく、「うちら卒業する頃にはすっげー映画撮ってようね」と奥村が言った。「あたし、監督やりたいんだ」と告白する。と、マルちゃんも思い切ったように「私は女優やりたいのっ、シャルロット・ゲンズブールみたいな！」と言って、将来の夢・告白大会になってしまった。照れくさい気持ちがあったけれど、私も言ってしまった。「私は脚本。これでちょうどいいね」と。

小さな頃から映画が好きだった。美大に進んで映画の道を歩もう、とまでは思わなかったのだけれど、シナリオめいたものをノートに書き溜めたりはしていた。大学に来て、サークルで映画をつくれると気付いた時、迷わず入部した。これだけ映画が好きなんだから、何か素敵なものがつくれるかもしれない、という期待が自然と湧いたのだ。

で、結局雑用ばかりさせられていたわけだけれど、自分が（雑用で）関わったフィルムができた時は嬉《うれ》しさで身体がはちきれそうだった。暗くした部室で、思わず目を閉じちゃいそうなくらい身体じゅうが力んでるのに、足元だけ浮き立っていた。私の左では奥村が、右ではマルちゃんが、ほっぺたの内側を噛《か》んでいるような微妙な顔でスクリーンをにらんでいた。

けれどもフィルムを見ているうち、湧き出てきたのは失望だった。それは「星になりたい」だか「星に願いを」だか「星をみつめて」だかなんだかそういうタイトルのラブストーリーで、キャンパスで知り合った男女がサークルの合宿を通じて恋愛関係になるという、それだけの話だった。先輩たちは長い長い時間を使ってたまり場で話をして、この映画のていた。

どこが新しいとか、斬新《ざんしん》なカット割りをしようだとか、色んな青写真を並べていた気がするのに、できあがったものを見たらまったく、ただの短い映画だった。中学の時体育館で冷やかしながら見た交通安全フィルム以上のチープさが、画面上の隅から隅までを満たしていた。

それだけだったらまだしも、フィルムが終わって誰かが部室の電気を点《つ》けた時、先輩たちがいっせいに上機嫌なお喋りを始めたのがマズかった。「やっぱさ、秋子の最後の台詞《せりふ》ちょっとおかしかったな!」「あのシーン、後ろに幼稚園入っちゃってるじゃん」なんてどうでもいい反省点を並べながら、照れくさそうにどつきあう。スクリーンから一番遠いところに立った私は、先輩たちの背中を見つめてぽかんとしてしまった。

——満足しちゃってるの、これで?

フィルムを見た失望は、奥村もマルちゃんも一緒だったのだろう。その日部室を出た私たちは、言葉もなく帰途についた。夕方で、まだ夏休みだから人の少ないキャンパスのアスファルトに、三人ぶんの影が薄く長くのびていた。「蟬、もう鳴かなくなったね」とマルちゃんがつぶやいたのに、奥村と私で「うん」とうなずいたのが唯一の会話だった気がする。

以来、マルちゃんは力仕事をしなくなった。伸ばした爪をピンクに塗って、かつんかつん鳴る高いピンヒールを履いてサークルに出た。奥村はバイトを始めて、たまり場に顔を出す日を半減させた。そして私はというと、クラスの子に誘われて行った合コンを機に、工学部の男子と付き合い始めたのだった（工学部はキャンパスがちょっと離れているので、合コンでもなけりゃ会わない）。デートを三回して、料理を作ってあげると言って彼の家に行き、「帰るなよ」と言われてお約束の初体験、ままごとみたいな恋愛だったけれど、とりあえず続いた。自分のことを自動的に優先してくれる人間が居るというのはとても楽ちんだったし、彼のほうでもそうだったんだと思う。喧嘩《けんか》をし、仲直りのセックスをし、お付き合いは続く。サークルには用事がなければ行かなくなった。

重みで垂れた蜘蛛《くも》の糸の一本みたいに、私たちはふんわりゆっくりと巣から離れて、半分ほどけた状態になった。

それでもメールで連絡しあって、プチ上映会だけは月一くらいのペースで続けていた。奥村の住んでいる学校にほど近い古いアパートの六畳間。上品なお母さんがクッキーを出してくれる横浜のマルちゃんの家。私の、西船橋のつまんないモルタル二階建てアパートのフローリングの上。クッションを抱いて寝転んだり、壁によりかかって体育座りをしたり、それぞれ勝手な姿勢でテレビ画面を見る。暗くしているからお互いの表情はあまりわからないし、のぞかない。エンドロールが流れ終わるまで言葉も発しない。部屋の主が灯《あか》りを点けると、顔が見えるのが急に恥ずかしくなって、泣いていたのをごまかすためにあくびをしたり、目をこすったりする。その瞬間がなんだかいとおしいから、上映会をやめなかったのかもしれない。

あっというまに二年生になって、梅雨が終わる頃、奥村の家で今年度三回目の上映会が開かれた。上映作品は宮崎監督の「紅の豚」で、そんなの私もマルちゃんも小さい頃から三回は見た、って感じだったのだけれど、宮崎アニメ大好き世代なので大人しく鑑賞した。いつも通り、エンドロールが流れ終わり、奥村が電気のヒモを引いた。ささくれ立った古い畳が蛍光灯に照らし出される。泣くような映画ではないので、ほうっ、とため息をついたら、マルちゃんと目が合った。彼女は壁際にマーメイド座りをしたまま笑って、「大人になって見るとまた違うね」と言った。私も「ほーんと、ポルコのかっこよさが子どもの時はわかってなかったよお」とうなずいて、今度は奥村のほうに話題を振ろうとした。……のだけれど、奥村は照明のカサの下に立ったままこちらに背中を見せて動かない。

「奥村?」と声をかけると、ものすごい勢いで振り向いた。

「『飛ばねえ豚は、ただの豚だ』!」

私とマルちゃんは声を立てずにのけぞっていた。奥村が目を赤くしていたからだ。奥村はそのまま畳に膝《ひざ》を擦ってかがみ込むと、私とマルちゃんの顔を交互に見ながら「ねえっ、なんか思わなかったの、なんか!」と叫んだ。そして、「なんか」なんてもったいぶった言い方をしたくせに、そのままの勢いで口走っていた。

「撮らない映画好きは、ただのファンだ!」

私はぽかんと口を開ける。三秒待って、マルちゃんと顔を見合わせた。彼女も首を傾げていた。

「……いや、言いたい事はわかるけど、そういう映画でもないし……っていうか、さっきの台詞、妙に語呂《ごろ》悪いよ」

マルちゃんが奥村の肩を揺さぶって言う。右に同じ。私も、「紅の豚」と私たちの中途半端なサークル活動の間には特に関わりを見いだせない。

しかも、「ただのファン」で悪くないと思う自分が居る。私はこのまま映画鑑賞だけを続けて、彼氏とデートもして適当にサークルに顔を出して、キャンパスライフをほどよく謳歌《おうか》した後卒業、就職、そんなもんでしょう、と心のどこかで感じていたことに気付いた。けれども奥村は「語呂悪いけど、あたしはそう思ったんだよ」と畳に手をついてうなだれた。

「憶えてないの？　部室で映写機見た時のアレ！　うちら卒業する頃にはすっげー映画撮ってようね、って言ったじゃん！」

奥村は顔に血をのぼらせてか、鼻の頭を赤くしている。そのテンションの高さに、私はあまりついていけてない。奥村の顔を正面から見なくて済むように、照明のヒモを見上げた。初めてこの部屋に来た時、奥村が「見て見て、かわいいっしょー」と言って自慢した、先っちょに青いとかげのモチーフがついた延長ヒモが揺れている。

「……奥村、そう言うんだったら、なんか撮りたいもんあるの？　実際に撮れそうなもんで」

私はとかげを眺めながら言った。

そりゃあ、やる気はあった。と思う。すっげー映画撮りたい、と言った奥村を肯定した気持ちに嘘はない。でも、あの時の私が感じていたものは、結果的に、サークルの空気に流されて失われる程度の「やる気」だったんじゃないだろうか。今から撮れるものなんて、何もない。あの頃だって、本当は「撮れた」わけじゃなく、「撮れると勘違いしていた」だけだろう。

我ながらつまらない意見だ。でも、私はいい加減、自分がつまらない人間であることに気付いているから、別に面白い意見なんか言う気はない。

奥村がうなだれたまま何も言わないので、ちょっと同情が湧いた。私は彼氏が居るし、マルちゃんもマドンナで自宅通学だからそれなりに遊んでるっぽいけど、奥村は何しろバイトしてこのボロアパートに住んでいるだけだから、あまり楽しいことがないんじゃないか、という想像が頭をよぎる。キャンパスライフを謳歌できていないから、まだ自分には何かすごい事ができるという妄信を捨てられないんじゃないか、と。

「奥村……」

声をかけようとしたところで、奥村ががばりと頭を上げた。顔じゅうを赤くして、目を見開いている。何かに似ていると思ったら、「なまはげ」だった。

なまはげのまま、奥村は早口に言った。

「女子のためのピンク映画を撮ろうと思う」

——は？

あまりに予想外の台詞に、脳の反応が遅れる。ピンク、映画。女子の、ため。言葉の意味を確かめてから、「え!」と叫んでしまった。

「アンタ、宮崎アニメからそれ連想したの!?」

マルちゃんも呆然《ぼうぜん》としたらしく、肩をすくめていた。奥村は弁解がましく「いや連想ってわけじゃなくて、ただあたしの脳内で勝手に結びついただけなんだけどっ」とまくしてた後、ひと息ついてから私とマルちゃんに視線を送った。

「マジなの。アリだと思わない？　冷静に考えてみて」

冷静に考えてと言われても、「女子のためのピンク映画」というものの存在を聞いたことがないので、想像がつかない。

けれども奥村はもう自分のなかにビジョンを見ているらしく、「女子のエロ欲求を満たす映像っていまだにないじゃん、でも、ブロードバンド時代になって届けやすくなってると思うのね、ネットで落としてこっそり見られるからっ」と語り出した。蛇口をひねったように、一気に喋《しゃべ》る。

「もちろん今でもエロいってだけの映像ならいくらでも見られるわけだけど、それって男子向けにつくられてるからエグいし、ぜんぜんそそらないじゃん。男優でかっこいい人ってあんまいないし。女子向けのAVってのも若干あるみたいなんだけど、敷居が高いんだよ。欲情むき出し、みたいな。そうじゃなくて、あたしたちなりの……あたしたちなりにそそるっていうか……『ジョゼと虎と魚たち』三人で見た時、妻夫木《つまぶき》くんの裸体いいよねとかって話したじゃん！　あんな感じを突き詰めれば……」

　喋りながら、奥村は手を無意味に上下させていた。

「とにかく！　今はないんだよ、それは！　撮れたら一番乗りなんだよ」

　目をうるませ、顔を紅潮させ、それこそＡＶでも見た後みたいな顔になって、奥村が言い切った。その後で、ぽつりと付け加える。

「それに、あたし本気でそれ見たいもん」

　とん、と内側から心臓を押された気がした。一度押されたら、生まれた鼓動はどんどん大きく、速くなって、私の胸をゆさぶるようになる。

　――いいかも。

　奥村が言ったことは絵空事じゃない気がした。見たいと思うものを撮る、それって基本だ。基本なのに、私たちはそれを見つけられないでいたのだ。

　なーんだ、と思った。やっぱり私、撮りたいんじゃん、と。

　遅かれ早かれ誰かがつくってくれるかもしれないそれを、待っていないで、自分でつくろうと思う。それくらいには私の「やる気」はあるってことだ。

「うん、見たい」

　私は奥村の目を見てうなずいた。マルちゃんも、よりかかっていた壁から身を離して、奥村のほうに乗り出していた。

「あれ、ドキドキしちゃったもんね、妻夫木くんっ」

きひひ、とコウモリみたいな笑いをふりまきながらマルちゃんが言う。奥村は自分で言い出したくせに「マジで？　いいの？」と私たちを交互に指さして顔色をうかがった。「いいってー」「いいってー」と私とマルちゃんの肯定を得ると、いきなり立ち上がった。「じゃ、今のサークルやめちゃおう！　どうせあのサークルで提案してもぬるい映画にされるだけだし！　うちらで新しいサークル立てようよ！」

そう言われると、余計に胸の打ち方が速くなるのがわかった。新しい映画に、新しいサークル。すごい、白紙が広がっているだけでこんなにどきどきするものなんだ。「さんせー！」と横でマルちゃんが両手を上げ、私も拍手をした。むやみにテンションが上がってきて、私たちは夜中だというのにキャーッと歓声を上げ、その勢いのまま撮影計画に着手した。どんなピンク映画を撮るか。それはほぼ、どんな男の子とのどんな妄想を撮るか、ということだった。

「やっぱさ、男は知性だよ！　ピンク映画にこそ知性ある男を持ってきてほしいよ！」と私が言えば、「えー、私は基本筋肉だな。肉体美があれば他はまあいいわ」とマルちゃんが口をはさみ、「どっちかなんて貧乏くせーこと言うな！　両方取るぞ！」と奥村が豪快に決着させる。

夜中の三時まで、酒どころか水も飲まずに話して、チラシの裏を使ってできあがった計画書には「肉体美（特に手首の骨）、知性、メガネ、地方出身、よいおうちの子、色白、落ち着きのある声」などなどの走り書きが並んでいた。

「っつーかコレ、『理想の男の条件』じゃん？」

「もしくは『結婚相談所に寄せられた無理な要望』」

「それ言えてるー！」

ぎゃははは、と涙がちょちょぎれる勢いで笑い倒したのが、夢だったかどうだかよくわからない。私はいつの間にか畳の上で眠っていて、起きたら昼だった。背中には半分湿ったバスタオルが掛けられており、隣では奥村が大の字になって寝ていた。マルちゃんはちゃっかり夏掛け布団をだっこしていた。やたらと照る昼の光のなかで、私は、ちゃぶ台の上にのった黄色いチラシを見た。「理想の男の条件」の下に、「フィルムにこだわらずデジカムで撮っちゃう」「直接的に撮らなくてもエロを感じられれば可」「監督・撮影　奥村継代」「女優　丸山菊子」「脚本　池田香純」という走り書きが付け加えられていた。「男優は学内でスカウト」とも。その下にはもう一枚、薄紅色のチラシがあって、そちらには今のサークルを抜けるためにどんな演説を打つか、という計画が書かれているようだった。

——始まるんだ。

頭の裏っかわを陽に焼かれながら、私はチラシの裏をじっと見ていた。チラシの裏の計画書を、隠された財宝の地図のように一生懸命見ている自分に気付いて、苦笑を噛《か》み殺す。そこにマルちゃんが「小指から……ゆっくりとお舐《な》め！」なんてむちゃくちゃな寝言で割り込んできたものだから、結局噴いてしまった。

そんな経緯があってサークルを辞めます宣言をした翌日、私たちはすぐに活動を始めるべく、大学の正門前に集合した。制作の第一歩、すなわち、男優のスカウトのためである。一限が終わる朝十時半から、正門のすぐ傍にあるベンチをひとつ乗っ取った。三人並んでひとつのベンチに座る。

「ここを通る全員を見るつもりで！　手首の骨は必ずチェックで！」

真ん中に座った奥村が、黄色いチラシを片手に言った。私とマルちゃんは「イエッサー！」と敬礼をして、正面に顔を向ける。バス停のほうから、一気に人が流れ込んできた。男子とおぼしき人影を手早く点検していく。あれはガリガリだからだめ、あれはガングロ、あれはチビすぎ、あれは潔癖症くさい。あ、でもあの人はいいかも。手首チェックチェック。

「隊長！『メガネ』は今かけてなくても、かけさせればいいんじゃないでしょうか！」

通り過ぎる男子に片っ端からチェックを入れているところに、右からマルちゃんの声が飛んだ。奥村が「ナイスな指摘だな！」と偉そうに返答する。

「メガネはとりあえずなくていい」

「イエッサー！」

自分たちがいかに下らないことをしているかはわかる。こんなところを乗っ取って、本気で男子にチェックを入れるなんて、どこのバカ女でもしない。でも、楽しいからいい。本気だとなんでも楽しい。

初日は炎天下の下で一時間ばかり、男子観察をした。スカウトをするはずが、だんだん毒舌批評対決にすり替わっていき、奥村がとある小太り男子を「レミオロメン失敗版」と言ったのに腸がねじれるほどウケてしまった。しまいには三人して笑いが止まらなくなってしまい、通行人にじろじろ見られるようになったので、学食に駆け込んで三人で冷やし中華を食べた。食べる間も足をばたつかせて笑った。

二日目は曇りの午後。午前中にスカウトをした前日より通行人が多い中、ハイテンションを引きずって男子チェックを続行した。昨日の奥村より面白いことを言ってやろう、という心意気はあったけれども、案外、ネタになるような男子は通りかからない。こうして見てるとウチの学校って普通の男子が多いんだなあ、と当たり前のことを思いながら、物足りない気分で人波を眺めた。マルちゃんも、最初はじっと人影を追いかけていたけれど、適当に時間が経つと「いい男っていないねー」と関係ないお喋りを始め、奥村も貧乏ゆすりをするようになった。

「ね、今日はなんかぱっとしないし、場所変えない？　学校から出てさ、駅のほうの喫茶店とか行こうよ」

間の重さに耐えかねて、私は口走っていた。マルちゃんが「そうだねっ、あっちもどうせウチの学生うろうろしてるし、喫茶店のほうがイケメン多いかも！」と乗ってくる。白い腕をめいっぱい広げて伸びをした。本当はじっとしているのがしんどかったんだと思う。奥村は、一瞬眉根《まゆね》を寄せたけれど、「ん、まあいいかな、今日蒸し暑くて気分悪いし」と笑顔になってベンチを立った。

三人で、駅前の喫茶店のボックス席に陣取ってケーキを食べた。ケーキはひとり二個、紅茶おかわりしまくりでねばったけれど、店に入ってくるのは女の子ばかりだった。奥村は入り口のベルが鳴る度に振り向き、露骨に肩を落としたけれど、場所を変えたことに対して文句は言わなかった。

「ってさあ、松井は言うわけ！　いつテメーの彼女になるって言ったよ、っつう話よ、ほんとー」

マルちゃんは唇に生クリームをこびりつかせたまま、もはや映画と関係のないことを喋《しゃべ》っている。私はふと、自分たちが、結局サークルに吹き溜《だ》まっていた先輩たちと同じことをしているような気になった。

──いや、でも、私たちは違うもん。すごい映画撮っちゃうんだもん。

と思い直したその言葉まで、どこかで聞いたような気がしてちょっとぞっとする。でも奥村が、マルちゃんの話に突っ込んで盛大な笑い声を立てるので、私は不安を顔に出さずしまっておいた。

週末をはさんで，スカウト三日目。私たちは再び正門前のベンチに陣取る。空は晴れて、早くもアスファルトが熱くなり始めていた。

ベンチは銀杏《いちょう》の木陰になっているので、そこそこ涼しいけれど、空気の蒸し暑さはしっかり肌にまとわりついてくる。正門から伸びた道はところどころに階段をはさみながらゆっくりと上りになっていて、皆顔をはたはたと扇《あお》いで歩いていた。マイ扇子を持っている男子も居る。

計画書の条件を満たす男優の卵は、いまだ見つかっていない。一限終了後に正門前に集合してから、一時間が経とうとしている。いい加減、会話も尽きていた。

時間だけがどんどん過ぎて、左右に振っている首が痛くなっている。それでも私たちは、「あれどう?」「だめ、目が離れてるのが微妙」とかさんざん男子にいちゃもんをつけながら、辛うじてテンションを保っていた。

「暑いな」

奥村がふうとひと息ついてベンチの背に身を預ける。

「居ないもんだね、『理想の男子』」

私が言うと、「まだまだ、これからだろー」と奥村から叱咤《しった》が飛んだ。そこでおもむろにマルちゃんがつぶやく。

「アイス食べたい」

同感。奥村も「そうだな」とうなずいてから、顔を上げた。

講堂の鐘が十二時を告げる。二限が終わるまでまだ十分あるものの、ひとあし早く昼食を確保しようと動く学生が、道に増え始めていた。動く人間をチェックして左右に動かしていた目が、とうとう人の流れについていけなくなる。静かだったはずのキャンパスに、ざわざわとしか言いようのない人の声が満ちていた。

「ちょ、人多すぎなんだけど」

半分笑いながら言うと、横でマルちゃんが悲鳴を上げた。

「もう無理ー！　なんか、すっごいいい男に限って見逃してる気がする！」

「……その気持ちはわからない気がしないでも、ない」

奥村が神妙な声でつぶやくのを聞くのと同時に、私は釣り糸で引かれたようにふと景色の一点を見ていた。

人混みのなかで、ひときわ高い笑い声が上がる——「道子ちゃん、いて座だから！」というちょっと妙な台詞《せりふ》とともに盛大に笑った男子の顔が目に入った。赤いTシャツを着た彼は、ずいぶん小さい女の子を連れている。でも、その男じゃない。女の子の反対側に並んで、一緒に階段を下りてくる男子のほうに、私の目は吸い寄せられた。

メガネ。長身。シャツの半袖《はんそで》から出た腕のほどよい筋肉。そして、無造作にペットボトルを持った左手の、手首の骨のでっぱり。パーツは完璧《かんぺき》だった。

彼は赤Tの男子に向かって、ははっ、と軽やかな声で笑った後、ふと道の先に目を向けた。そして、たった今の笑い方とは違う微笑を、空に向かって見せたのだった。

——うわ。

思わぬ表情の変化が、もろに私のツボを突いた。誰に向かって笑ったんじゃないのに、まなざしに、静かな池の水面が広がっているような奥行きがある。スクリーンの中の世界で言ったら、華のある主役顔じゃないけど、どうしても目を惹《ひ》かれてしまう脇役のような感じ。

「……あの女の子は彼女じゃないよね？　横に居る赤いののほうの彼女だよね」

気付くと、奥村がこちらを見ていた。私の視線の先を読んだらしい。マルちゃんも「あ」と小さく声を上げた。多分同じ人を見ている。彼は今まさに、私たちの二メートル先を通り過ぎる。

「行こう」

奥村がベンチを立った。私は思わず奥村の腕をつかんで止めてしまう。

「え、なんて声かけるのっ」

「そんなんどーにでもなるって！　ほらっ」

奥村は私を引きずるようにして、理想のメガネ男子の前に走り出た。

「すみません、映画研究会ですけど、ピンク映画出ません？」

あまりの「直球」におののいたのは私ひとりで、話しかけられた男子も、横のカップルも、顔色を変えなかった。「え？」と訊《き》き返されはしたものの、さほど戸惑っている様子もない。赤Tの男子が「すっげーアズマ、スカウトじゃん！」と言った。ちびの女の子は、ぼけっと突っ立っている。よく見たら、赤Tと手をつないでいた。やっぱりこっちの彼女らしい。

「ピンク映画って……あのピンク映画？」

アズマと呼ばれた彼が、ペットボトルを持った手を顎《あご》の下に当てて言った。無意識の動作なんだろうけど、私たちの目は彼の手首に吸い寄せられてしまう。締まった細い手首。やっぱ男子のセクシーさは手首にあるよね、と全会一致で入れられた男優の条件「手首の骨」が、ぽこんとしるしをつくっていた。女子にはないでっぱり。その先に、大きな手のひらがあるのを見ると、かすかな浮遊感が胸を満たした。普段、彼氏の裸を見てもなんとも思わないのに、男の人の身体っていいなあ、としみじみ考えてしまう。

「実はまだ一本も撮ってないんだけど」と断って、奥村が話し始めた。

「あたしたち、新しいサークルを立ち上げて、女子のためのピンク映画を撮ろうとしてんの。それで、魅力的な男子を探してココで張ってたわけよ」

「それって、脱ぐの？」

アズマくんが落ち着いた声で言った。何故か、横に居るちびの女の子のほうが赤くなった。奥村はそんなこと全然気にしない様子で「もちろん」と即答する。アズマくんはもうひとつ訊いた。

「誰かと実際に行為に及ぶわけ？」

するとと、今まで黙っていたマルちゃんが一歩前に出て、「一応、私が女優～」と言った。

奥村が冷静に付け加える。

「といっても、どこまで撮るのかはまだ決まってないよ。本番そのまま撮るんだったら安いAVと同じだし」

私も補足として言った。

「モザイクが欲しいようなもんは撮らないよね、多分」

「うーん……」

アズマくんが考え込むように黙ると、横から赤Tの男がせっついてきた。

「何、マジで考えてんの、お前。こんなカワイイ子とアレするなんて、罠《わな》に決まってるだろ」

小声のつもりだろうが、丸聞こえである。「罠じゃないっ」と奥村が男をにらんだ。男は「でへへ」と無理な作り笑いでごまかす。

「もうちょっと詳しく聞かせてくれる？」

アズマくんが言った。私はマルちゃんと一緒に、きゃっほー、と両手を打つ。

「は？　マジで？　なんで？」

不満げな声を漏らしたのは、赤Tだ。アズマくんはそちらを振り返って言う。

「だって、サークル入ってないの俺だけだもん。なんかやりたいと思ってたんだよね」

そのつぶやきを聞いて、私は「ふうん」と思った。こんな素敵な男の子でも、自分で満足するほど学生生活を謳歌《おうか》してるわけじゃないんだなあ、という当たり前のことに気付く。

「だからって、お前、ピンク映画に出なくても」

なおも止めようとする赤Tを、アズマくんは「映画は映画だろ。いいじゃん。面白そうだし」と簡単に振り切った。マルちゃんが「一緒にお昼食べましょー。もちろん私たちのおごり！」とすばやく彼の隣につく。

——こんなにすんなり行っちゃっていいのかな。

「何食べたい？　なんでもリクエストしてよ！」

奥村がアズマくんに笑いかけて歩き出す。アズマくんは意外なフランクさで「じゃ、ナンカレー」と答えた。「暑い時あえてカレー派なんだ、ますますかっこいー」とマルちゃんがからむ。

私は三人について歩きながら、不思議な後ろめたさでちょっと振り返った。入道雲が湧いた空の下、流れ続ける人混みのなかで、赤Tとちび子が立ち止まってこちらを見ていた。そのふたりの姿が、何故か、親鳥に捨てられたヒナみたいに見えて、目を逸《そ》らした。


インド料理屋の小さなテーブルに四人で掛けて、自己紹介をした。私たちは奥村を中心に、サークルを抜けた経緯と、今ピンク映画を撮ることの意義を語り、アズマくんのほうは、さっき一緒に居た男子が中学の同級生であること、何のサークルに入ろうか迷っているうちに新歓の時期が過ぎてしまったことなどをさらりと話してくれた。

「え、じゃあ一年生なの？」

一年生？　うそ！　と三人してコメントがかぶった。現役で入った一年生なら、間違いなく年下だ。アズマくんのほうは「え、じゃあみなさんは……」といきなりかしこまった口調になって言った。

「二年だけど。もうタメ語でいいよ」

奥村が答えたところに、ランチプレートが運ばれてきた。ほぼプレートの表面積全体を占めるようなナン、そして右端にちょこんと小皿に入って置かれたカレー。一応、申し訳程度にキャベツの千切りが添えてある。スパイスの香りが食欲をそそる。みんなで、いただきまーす、と言ってからナンに手をつけた。

うまっ、うわ脂超のってるよこのナン、太りそー、ときゃいきゃい騒ぎながら食べた。手でちぎって食べると指が脂でテカテカになる。アズマくんがぺろりと指を舐《な》めてからコップを持つのを目撃して、またドキドキしたりした。

「仲、いいんですね」

おもむろにアズマくんが言った。

「ん？　うちら？」

奥村が一番に反応した。その後が何故か続かない。マルちゃんはきょとんとしていたし、私も言葉が出てこなかった。もしかしたら、みんなして、上映会以外は会わなかった空白期間のことを思い出していたのかもしれない。

間がだんだんつもっていって、やっとそれを崩したのは、三人のうちの誰かではなく、アズマくんだった。

「……変なこと訊きました？」

「いや、もうっ全然！　仲いいよ！」

思わず不自然な言葉を発してしまう。でもマルちゃんもそれに続いて、「ね、なんか離れられないもんがあるっていうか！」と張りついた笑顔でコメントする。

奥村だけが何も言わなかった。無言で、半分くらいになったナンをひとかけちぎり、カレーにつけないまま口に放り込む。なんでもない動作なのに、嘘を告発された気がして、息が止まりそうになった。

「そうなんですか。なんか、サークルは人間関係難しいって聞くから」

アズマくんは丁寧に見ないフリをしてくれたようだ。落ち着いた動作で、最後のひとかけになったナンをカレーにつける。

「準もね――あ、準ってさっきの男ですけど――あいつも、オールラウンドのサークルで彼女つくって別れたら、すっごい居づらくなって、結局そこはやめちゃったんで。今は星占いサークルに入ってストイックにやってるらしいですけど」

「星占い？　あの人があ？」

アズマくんの話に、マルちゃんが軽やかな笑い声を添えた。雑談ですよ、ってモードになる。

「俺もちょっとならわかりますよ、星座同士の相性とか」

マルちゃんが「私、かに座」と言ったので、私も自分を指して「うお座」と言った。ようやく口を開いた奥村が「あたし、しし座」と言うと、アズマくんはちょっと困ったような顔をした。「サークルとしてのまとまりは、まあまあって感じですかね」と言ったけれど、だいぶ嘘っぽかった。

正門まで戻って別れた。三限からは私たちもそれぞれ授業が入っている。奥村が代表してアズマくんと携帯の番号とアドレスを交換し、「あとでみんなにもまわすから」と言った。「じゃ、基本協力する方向で。なんかあったらいつでも連絡下さい」と言い残してアズマくんは行ってしまった。

奥村はちょっとの間黙って携帯をいじっていた。ほどなく、私とマルちゃんの携帯が鳴って、アズマくんの連絡先を書いたメールが確認できた。

講堂の時計が一時を指す。もう三限が始まる時間だ。

「どうする？　男優も決まったことだし、また後で集まって話すすめる？」

確認のつもりで奥村に訊いた。多分、五限が終わったらまた集合、とか、明日あたしんちに集合、とか言われるだろうと予想して。

でも奥村は「試験近いし。そんなペース上げないでやろう」とずいぶんテンションの低い返事をよこした。

「夏休みまるまるあるんだしさ。そのうち落ち着いて時間取ろうよ」

「あ、そう？」

私は拍子抜けしたのだけれど、マルちゃんは携帯のボタンをいじりながらにこにこしていた。

「じゃあ、それまで私もなんか考えてきていい？　あの子、見てると妄想進むわー」

マルちゃんの質問に、奥村は恐竜の反射みたいな変な間を置いて「ああ。具体的にアイディアあったら出して」と答える。その後で私のほうに向き直った。

「香純《かすみ》も。アンタ脚本だし、特に考えてきてね」

「ああ、うん」

校舎の前で手を振って別れると、胸の底だけがすうっと冷えたような気がした。

——なんだろう、この違和感。

さっきと変わったところなんかないはずなのに、青空の色がちょっと濃さをなくして見える。ぼんやり歩いていたら、アスファルトの溝にサンダルのヒールをひっかけてしまった。転びそうになって、びくっとカバンを持ち直す。誰かに笑われたんじゃないかと思って振り返ったけど、道ゆく学生の誰ひとりとして、私を見てはいなかった。

「かすみ。『香』りが『純』だって書いて、かすみ」

マルちゃんの携帯をいじって、漢字変換をした。あれは去年の新歓コンパの後のことで、簡単にメアド交換だけした私に、「ごめん、私、人の名前フルネームでアドレス帳登録しないと気ぃ済まないんだよね」と、マルちゃんが漢字表記を訊《き》いてきたのだ。私が入力した文字を見て、マルちゃんは「えーっ」と騒いだ。

「なんでコレで『かすみ』なの？　もう芸名みたいじゃん！　ずるい！　私なんて『菊

子』なのに！」

するとと横から奥村が顔を出して言った。


「あたしなんか、『家を継ぐョ』で『継代《つぐよ》』らしいよ」

私もマルちゃんも、噴いた。「何ソレ、マジで！」「長男かよ！」と腹から笑った。そんなに笑うようなことでもなかったと思うけど、慣れないまま飲んだ酒の酔いと、わあわあ騒ぎ続ける先輩たちの声に包まれた勢いでそのままはしゃいだ。隣の先輩がイカゲソばかり食うので、辺りはタバコとイカが混じったどうにも苦い匂いがしていた。視界もけむったくて、お世辞にも素敵だとは言えない環境だったけれど、そんなことに関係なく、なんて春らしい春なんだろうと思った。


携帯をいじっていて、ふと引っぱり出された記憶。

アズマくんの連絡先を、さっきのメールからアドレス帳に登録し終えて携帯を閉じる。枕元にぽんと放った。

ベッドに寝転がったまま、じっと天井を見る。見慣れた安くさいベニヤの木目がそこにある。さっき携帯の画面で見た時刻は19：25だった。半端な時間。テスト勉強をするなり、洗濯物にアイロンをかけるなり、むだ毛を抜くなり、やるべきことがいくらでもあるはずなのに、退屈だなあ、と思ってしまう。

彼氏は実験で忙しいらしく、「時間ができたら会いにいく」という曖昧《あいまい》な約束で私を縛った上、電話ひとつよこさない。私は横目で携帯電話のツルツルしたカバーを見ながら、今にも電話が鳴るという空想にとらわれる。サブディスプレイに表示されるのは、彼氏の名前——じゃなく、今登録したばかりの名前だ。アズマトオル。

硬そうな手首の骨の映像が頭をよぎる。私は目を閉じて、しっかりとその絵を見ようとする。

——「あの子、見てると妄想進むわー」。

マルちゃんが無邪気に笑いながら言ったのを思い出した。私はあっけらかんとそんなことを口にできない。妄想、っていうのもそんなに進まない。なのに、脚本を書かなければいけないそうだ。

——そんなこと、していいのか？

構想の段階ではできるような気がした。いや、ばりばりにやろうと思った。私たちにとってのエロス、女の子の夢の体現。素晴らしいことだ。脚本を書く、と言った覚えはないけど（半分寝ながら言ったのか、それとも私が寝てから奥村とマルちゃんで決めたのか）、もちろん嫌じゃなかった。

でも、実際に男の子をひとり目の前に置かれて、さあこいつを素材にピンク映画をつくれ、と言われると、非常に難しい気がする。難しい、というより、ブレーキがかかってしまうのだ。彼氏が居るから、ではなく、私の妄想をアズマくん本人や、周りの人たちに見られるのが恥ずかしいから——つまり、自意識の問題なんだろう。

——っつーか、脚本って一番恥ずかしい役どころじゃん！　台詞《せりふ》とか動作とか全部決めるわけだし！

そこに気付くと、ベッドの上でのたうちまわりそうになった。けれどもすぐに、「監督」「女優」の恥ずかしさも想像できたので、ぎゅっとシーツをつかんで思いとどまった。

——監督、総指揮じゃん。女優、脱ぐ人じゃん。ああああ。

全員がとんでもない役どころなのだ。こんなこと、たかが二十歳そこらの娘にできるんだろうか？　マルちゃんはカメラの前で裸になれるのか。奥村は女優や男優に指示を出せるのか、それを撮れるのか。アズマくんだって、どうして見ず知らずの私たちの前で裸になれるだろう。

——おかしい。こんなこと、頭おかしくなきゃできない。

急に顔に血が上って、私は両頬をぎゅっと手で押さえた。

生協でアイスの入ったボックスをがさがさやっていたら、ふいに後ろから肩を叩《たた》かれた。

「よっ！」

「ふひゃああ」

あまりに不意のことだったので、私はつかみかけたソーダバーを冷凍庫の中に落としてしまう。

「もう、何そんなびびってんのー」

振り返ったらマルちゃんが立っていた。今日は膝丈《ひざ》のスカートをはいている。ミニじゃないぶん、裾《すそ》のフレアーでガーリー感を演出しているらしい。後ろには見慣れない男子をふたり、引き連れていた。

マルちゃんは軽く振り返って、犬にでもするように彼らを「行ってて」の一言で追い払った。私の横に来て、ボックスに入ったアイスの山を覗《のぞ》き込む。

「昨日タイミング逃しちゃったからさ、無性にアイス食べたくなって。香純もじゃない？」

マルちゃんの言う通りだった。さっき正門を通ってキャンパスに入る時、昨日の、暑い中でのスカウト作業のことを思い出して、あ、アイス食べ損ねたっけ、とそのまま生協に来てしまったのだ。

でも、こんなところでマルちゃんに会うとは思っていなかった。奥村でも、あるいはアズマくんでも同じだったと思うけど、あまり新サークルのメンバーに会いたい気分じゃなかった。

昨日、ベッドの上で考えていたことが蘇《よみがえ》る。こんなこと、頭おかしくなきゃできない――そう思ってしまったことを、マルちゃんに悟られないかと不安になる。

ボックスのガラス窓が開けっ放しになっていたのを、マルちゃんが「溶けちゃうよ、迷惑でしょ」と言ってぴしゃりと閉めた。ガラス越しにアイスを選び始める。

「ねえ、なんか考えた？　ピンク映画の件」

アイスに目を向けたまま、マルちゃんが言った。私はなるべく嘘にならないように答える。

「ん……あんまし。いざ考えようとすると難しいね」

するとマルちゃんは、形のいい目をぱちんと開いて「ええ、そう〜？」と言った。

「私、帰ってから色々考えちゃったよ。アズマくん、ほんといいよねー」

きゃらきゃらと鳴るような明るい声で、マルちゃんは喋《しゃべ》る。「本気になっちゃいそー」とまでコメントした。

その能天気さがかえって心配になる。私はマルちゃんの傍に顔を寄せて切り出した。

「アズマくんはいいけどさ。アンタ、脱げんの？」

言ってしまった。こんなの奥村に聞かれたら、と思って周りに目を走らせてしまう。奥村は基本的に出不精なので、あまりキャンパスを歩き回らないはずなのに。

私の内心の緊張をよそに、マルちゃんは「んー、脱げんじゃない？」とかなりアバウトな返答をよこした。

「私、イケメンなら誰でもオッケーだもーん」

きひひ、と声を立てて笑う。マルちゃんのこういうあっけらかんとしたところは結構好きなんだけど、今はそれを訊いているんじゃない。

「相手の問題じゃなくてさあ。カメラで撮るんだよ？」

ラブシーンを！　と付け加えたいところを、一応エチケットで抑えた。でもマルちゃんは、ガラスを開けて箱入りの小粒アイスを選び出すと、「もー、心配性だなあ、香純は」

と言ってレジのほうに歩き出した。ちょこっと振り返ってひらひらと手を振る。

「カメラなんてないことにすればいいだけの話でしょ。大丈夫！」

話はまだ終わっていないのに、マルちゃんはさっさとレジに並んで、弁当を持ってきたさっきの男たちと合流していた。

――大丈夫、かあ？

その時、突然カーゴパンツのポケットが振動したので、びくりと肩が跳ねた。携帯電話だった。振動はすぐに止む。メールだったらしい。

取り出した携帯のディスプレイに、Eメールのアイコンと一緒に表示されていたのは、奥村の名前だった。

〝やっぱ土曜日じゃなくて明日一回集合にして。場所はあたしんち、時間は相談。〟

顔を上げてレジのほうを確かめたら、マルちゃんもカバンから携帯を取り出したところだった。ちょっと画面に目を走らせてから、すぐにカバンに戻してしまう。

「何、マルちゃん、彼氏？」

「んーん！　私彼氏居ないもん！　モテないんだよね～」

「またまたー！」

男たちのゲラゲラという声とともに、マルちゃんが首を反らして笑った。私は、お腹の底に重いものが入っているような違和感を感じたけれど、それをどうすればいいのか特に思いつかず、ボックスのほうに向き直った。ソーダバーを取り出そうとすると、ひんやりした空気が肘《ひじ》から下を覆った。

約束の四時半、奥村のアパートを訪ねた。チャイムを押すと、「入って」という返事が飛んできた。このボロアパートで鍵《かぎ》をかけないとは、どれだけ無用心なんだといつものことながら心配する。

ドアを開けて一歩部屋に踏み入った瞬間、私はわっと声を上げた。奥村が、すぐ前に立って、カメラを回していたからだ。サークルの備品だった8ミリとは違う、グレーのデジタルビデオカメラだった。

「奥村、それっ……」

「買っちゃった。モチ中古だけどね」

ひひっ、と笑いながらも、奥村はカメラのファインダーから右目を離さない。デジカムのボディーで顔が半分隠れて、何故か奥村じゃないみたいに見えた。

玄関（というよりは「土間」）に立って呆然《ぼうぜん》としていると、後ろのドアが開いて、「ぎゃ！」とマルちゃんの声がした。

「ちょっと、買ったのソレ～？　レンタルでいいじゃん！　いかれてる！」

マルちゃんは私の横をすりぬけてサンダルを脱ぎ飛ばすと、畳に上がって奥村につめよった。カメラを覗こうとする。でも奥村は一歩引き、一歩引きしてかわし、マルちゃんをレンズの撮影範囲内に収め続けた。部屋の奥に下がりながら言う。

「なんのためのバイトとボロアパートだと思ってたの。カメラ買うためだよ、あたしはどうせ撮る人になるんだもん」

何気ない口調だったけれど、奥村のその言葉は私の胸をひやりとさせた。ほんとに、身体の内側に氷のうを押しつけられたみたいな感じがしたのだ。怖い、とかじゃない、別の作用の寒気。

でもマルちゃんは特にそういう感想を抱かなかったらしく、「まあ、カメラがあったほうが楽に決まってるけどね」と言ってサンダルをそろえた。私もウェッジソールを脱いで上がる。奥村はまだファインダーから目を離さない。黙って、私たちを撮っている。

「で、何～。今日はそのカメラのお披露目なの？」

マルちゃんが部屋の真ん中まで歩いていって、蛍光灯のとかげをつついた。カメラが動く。マルちゃんを中心にとらえる。あ、今ズームしたな、というのがなんとなくわかった。

「ある意味そうだけど、それだけじゃない」

奥村がやたらもったいぶって言った。私はその先に続く言葉に思い当たってしまう。

――え、やめて。

無意識にこぶしをにぎっていた。でも奥村のカメラは今、私に向いていない。私の恐怖は気付かれない。

「マルちゃん、脱いでみて」

「えっ」

小花柄のワンピースから露出したマルちゃんの肩が小さく跳ねた。やっぱり、と思う。ほんとうにできるのか、こんなの絵空事で終わるんじゃないか。私が昨日ベッドの上で危惧《きぐ》したことを、奥村も考えたのだ。私たちが、ただの映画ごっこ——空想だけで終わる、ほんとうに子どもだってできる「ごっこ」——を抜け出して、映画をつくれるのか、試すことにしたのだろう。

マルちゃんの顔は、こちらからは見えない。でも、ふふ、というものの笑い声は聞こえた。「いきなり言われてもなあ」と首を傾げる。奥村はそれに、「や、ホント脱ぐだけでいいから。それ以上は今日は望まない」ときっぱり答えた。

「じゃあ香純、ちょっと外に出てよー」

マルちゃんが振り返る。薄い眉《まゆ》をちょっと歪《ゆが》めて照れ笑いをしていた。私が何か反応を返す前に、「出てかないで」と奥村の声が割り込む。

「香純は本番居るでしょ。本番と同じ状況で試さないと意味ないじゃん。っていうか、アズマくんを呼ばなかっただけでもかなりの手加減だよ」

別に冷徹な言い方じゃない。いつもの、奥村の声だ。でも、カメラがずっと顔の半分を隠しているから、うまくニュアンスが行き来しないんだろうか。私たちの間に常にある、親しみのようなものが完璧《かんぺき》に欠如していた。

「香純、アンタはこっち。あたしの横に来て」

指示が飛ぶ。私は動けない。足の裏から根っこが生えて、畳の内側にびっしりと根付いたみたいに、足が離れてくれない。

一方で、マルちゃんはワンピースのボタンに手をかける。去年も着ていた、マルちゃんのお気に入りらしいワンピースは、前あきのボタンがついていて、後ろにファスナーはない。脱ぐのは簡単だ、でも簡単かどうかなんて今まで考えた事もなかった。

マルちゃんの手がだんだん下に動いていって、肩の部分の布が頼りなく縒《よ》れる。白い肩が見えたと思うと、下からブラジャーがあらわれた。水色の総レース。私は自分の顔が赤くなるのを悟る。お互いの家に泊まっている仲だ、下着姿くらい見た事があるのに。しかも、脱がされているのは私じゃないのに。どうしてこんなに恥ずかしいのだろう。

マルちゃんは身体からワンピースを取り払い、ブラジャーとショーツだけの姿になった。長い髪が背中の半分を覆っている。

「っていうかさ」

マルちゃんが口を開いた。平静を保とうとしているのだろうけれど、出た声はかすかに震えていた。

「なんで私が一番に試されなきゃいけないの？　アズマくんだって、裸撮ってみなきゃ使えるかどうかわかんないじゃん」

ねー香純、と振り返った笑顔が痛々しかった。私はなんとか笑いを返そうとするけど、「だよね」と言う前に奥村の言葉にさえぎられた。

「アズマくんは昨日のうちテストしました」

た。

「えっ」

私は思わず声を上げてしまう。マルちゃんが奥村のほうに向き直って、「で？」と訊《き》い

「彼は脱いだの？」

奥村は無表情に答える。

「さあね。それを言っちゃったらアンタのテストにならないでしょ」

その答え方だと、アズマくんは脱がなかった、ということにならないだろうか？　でも、

奥村の考えることだからよくわからない。

マルちゃんはじっとうつむいている。奥村はカメラを覗《のぞ》いたまま、ぺたぺたと畳の上を

歩いてきた。

「もー、香純もさ、フリーズしすぎだから」

私の横に来てしゃがむ。急に手を取られて、びくりと筋を跳ねさせてしまった。

「座って」

右手を奥村に取られて、私はゆっくりとかがんだ。普通にしゃがんだら腰が抜けそうな

くらい、びくびくしていた。

奥村はいったん私の手を放すと、あおるようなアングルで、マルちゃんの背中をカメラ

でなぞった。

「マルちゃん、背中きれいだね。ニキビとか全然ないじゃん」

六畳間には、一応薄いカーテンが引かれていたけれど、やすやすと陽を通していた。夕暮れにはもう少し時間がある、昼のまぶしさを残した日光が、マルちゃんの裸の肩にそそがれる。特別色白だと思ったことのない彼女の肌が、焼けていない部分は透けそうな色をしていた。確かに、きれいではあった。カーテンを通した光が、背骨のくぼみに薄い陰影をつくっている。

「奥村あ。いったんカメラ止めて？」

今まで表面だけでも残っていた明るさが、根こそぎ抜けた声でマルちゃんが言った。

「止めない」

奥村が言い切る。諦《あきら》めたように、マルちゃんの手が背中にまわった。ブラジャーのホックを外す。

くらくらした。そういえば、エアコンがないこの部屋でいつも回っているはずの扇風機の音がしない。耳の後ろが汗でべたついてかゆい。カーゴパンツが腿《もも》にはりつく。ちりちり、ちりちり、目の辺りで小さな羽虫みたいなものがうごめく感覚がある。見たくない。私はこの「続き」を見たくなんか、全然、ない。

マルちゃんはもしかすれば脱ぐかもしれない。でも、それはほとんど意地だろう。脱ぎたくないのは明白だ。やすやすと女優を引き受けたくせに、マルちゃんは脱げる器じゃなかったのだ。私だってそう。自分なら奥村と一緒に新しいビジョンを見られると思ったけど、ほんとはそんなたいしたことはできなかった。友だちが、友だちの裸を撮るのを黙って見ることすらできない。マルちゃんとアズマくんのセックスを、たとえ直接的にじゃないとしても、想像して紙におこすなんて、できるわけがない。

――うちらにはできなかったんだよ、奥村。諦めてよ。

カメラは回る。ちょっとだけ覗いたら、モニターにはしっかりとマルちゃんの背中、そして録画中であることを示す赤い●▼のマークが見えた。

私は強く強く膝《ひざ》を抱えていた。もう出ていきたい、どっちみち、こんな映画計画はパーだし、私たちの結束だってパーなのだ。なんでこんなことすんの、奥村、と言いたくなったけど、答えが明らかすぎて訊く気が起きなかった。

――「あたしはどうせ撮る人になるんだもん」。

奥村だけは本気の本気だったという、それだけのこと。

水色のブラジャーが畳の上にぽんと放られた。それはちゃぶ台の足元に、広がった形で落ちた。

「マルちゃん。こっち向いて」

しっかりとカメラを両手で支えている、奥村の声にさえ震えがにじんだ。それで私は、これが監督としての奥村のテストでもあることに気付く。そうだ、奥村だって自分を試しているんだ。でも、自分を試すという名目があるからこそ、一年以上も一緒に居た私たちにここまで無情になれるのかもしれない。

ブラジャーとおそろいの下着をつけたお尻《しり》の横に、ぶらんと垂れ下がっていたマルちゃんの手が、ぎゅっと握りしめられた。かかとが畳を擦る音。——振り向く。

その瞬間、身体の奥から何かが強く湧き上がって、私を動かしていた。

「馬鹿！」

立ち上がって、正面から奥村につかみかかる。奥村はバランスを崩して後ろの柱に頭を打った。それでもカメラを放そうとしない。

私はとにかくレンズを自分の身体でふさぐように、めいっぱい奥村の前に立ちはだかると、夢中でカメラを引っぱった。奥村はぎゅっと手に力を込める。なにすんだよ、とも、やめろよ、とも言わず、歯をくいしばってカメラを握り続けた。私はその手をひっぺがすべく、足で奥村の身体を蹴《け》った。

「やめて！」

マルちゃんの叫び声がする。それでも私は、奥村ともみ合うことをやめなかった。

「奥村、もうわかってんでしょ！　カメラ切って！」

奥村は答えない。ただ、カメラを握る手の力を保っている。見開いた目がぎろりと私を見た。

「邪魔すんな！　あたしは撮るんだよ！」

私は必死でその目を見つめ返す。ここで目を逸《そ》らしちゃだめだ。

「だから、あんたが撮る人なのはわかったからっ！　でも私もマルちゃんも、できないよ！」

そこまで言うと、奥村の腕からふっと力が抜けた。カメラが私の手に収まる。奥村はそのまま柱にもたれるように、ずるずると足を伸ばした。

肩で息をしながら、またカメラに触れる。なおもやる気かと思ったら、電源を探り当てて切っただけだった。モニターに映っていた、ささくれ立った畳の映像が消える。

気付いたら、すぐ後ろにマルちゃんがしゃがみこんで、奥村を見ていた。ブラジャーは脱ぎっぱなしで、ぽってりとした乳房が丸見えになっている。でも、それを見たところで、さっきのような恥ずかしさは湧かなかった。カメラが回っていないからだろうか。

「奥村、ごめん」

マルちゃんが涙目で言った。

「私、女優じゃないよ」

奥村はそれを聞くと、ふてくされたように顔を逸らした。私も、カメラを彼女の手の中に返して、頭を下げる。「ごめん」と言った。それを聞いた途端、奥村は不自然な方向に顔を向けたまましゃくり上げた。

「あたし、あんたたちと映画撮りたかった」

早口に言った言葉が、嗚咽《おえつ》に呑《の》まれる。奥村はカメラを足の間に置くと、声を上げて泣き出した。

「奥村〜」

「泣かないでよお」

奥村がぐしゃぐしゃに顔を歪《ゆが》めて泣くので、涙はものすごい勢いで落ち、ぱたぱたと畳の上で鳴った。次第にマルちゃんまで鼻を鳴らし始めたので、私まで泣きたくなってしまった。

でも奥村が、自分の涙が当たらないように、カメラを大事そうに横にずらしたのを見たら、ああ私たちはほんとうに一緒になれないんだなあ、と思えて、悲しみより諦念《ていねん》に気を奪われてしまった。

畳に染みができていくのを、黙って見ていた。暑さも次第に感じられるようになって、どんどん身体じゅうから汗が噴くので、私はじっと時間が過ぎるのを耐えていた。

夏休みはあっという間に過ぎた。彼氏と海に行ったり、バーベキューをしたり、あるいは部屋でアイスを食べながら「あちー」と思っているだけでどんどん時が流れ、気付いたらもう暑くなかった。蟬の声も消えて、残ったのは大量の宿題だけだった。

仕方なく、宿題を抱えて学校の図書館に行った。九月末となれば、誰しも同じ目に遭っているのか、館内はなかなかの混みようだ。席を見つけるのに苦労する。

やっとカバンを下ろした時、私は自分の視線が何かに引っかけられるのを感じた。

――嘘。

少し離れた席で、並んで座っているふたり組。奥村と――アズマくんだ。正確には、アズマくんは座っているけれど、奥村は机にのびて寝ていた。本気で眠っているようだった。

三秒くらい、頭が真っ白になった。

――あの時、脱いだんだ。

なんの確証もないのに、私にはわかった。だって、あのカメラテストの日以来、私は奥村と口をきいていない。多分、もう普通に顔を合わせることはできないだろうと思っていた。なのにアズマくんは奥村の隣に居る。つまり彼は、「撮る人」の奥村と一緒に居る資格があった、ということだ。

見つめ過ぎたせいか、本に目を落としていたアズマくんがふとこちらを見た。視線がかち合ってしまう。

アズマくんは、声を立てずに、初めて見た時、空に向けたような微笑みを返すと、ふんわりと手を振った。

――ああ。もう。

たまらなくなって、私は今広げたばかりの勉強道具をせわしなくまとめると席を立った。そしてそのまま、本棚の間を抜け、エントランスを出ると、地下鉄の駅に向かって駆け出した。

レポート用紙を突っ込んだカバンがばたばたと鳴る。ミュールのかかとがアスファルトの凸凹に突っかかる。それでも私は走った。キャンパスを突っ切り、商店街を横切って、人のあふれる歩道を駆ける。そうしなきゃとても居られない。

――奥村は映画の人だった。私は映画の人じゃなかった。

それだけなのに、それを飲み込めばいいだけなのに。くるしくて、のどにつっかえて、全然飲み込んでいけない。

改札をくぐってホームに出たら、ちょうど電車が出たところだった。最後尾の車両が赤いランプを残して通路の奥に消えていく。風が一瞬、残る。

もう走っていけるところがなくなったら、ぽろんと涙がこぼれた。

——私はあと二年以上、学生でいなくちゃいけない。

うちら卒業する頃にはすっげー映画撮ってようね、と言う奥村の声が聞こえた。その言葉にマルちゃんと一緒にうなずいたことは、これから長い時間をかけて、「ただの思い出」とか「若気の至り」とかそういうものになってくれるんだろうか。今の私はそんな未来を信じられそうにないのに。

リベンジ・リトル・ガール

九月二十日、前期成績発表。

大学のホームページにアクセスして、IDとパスワードを入力すると、成績照会画面に行ける。「照会」のボタンをクリックする時、内心で緊張した。いや私、こんなの全然意識してませんから、と思いつつ周囲に目を走らせてしまう。情報処理の授業に使われる663教室の隅、誰も私を見ている人などいない。前の席に座っている男子など、ころころと口の中でアメを転がす音を立てながら、某巨大掲示板を閲覧している。

画面が読み込まれ、成績が表示された。上から順にざっと目を通していく。「中国語中級(前)」優、「映像と二十世紀」優、「英語ライティング」優……前期で取れる単位の全てに「優」の字があるのを確認して、机の下でこっそりガッツポーズをした。

――行ける。オール優卒業に王手。

さっさとブラウザを閉じてログアウトし、席を立った。この教室にもはや用はない。前の席の男子に、「君、『もてない男性』板を読んでいるのが丸見えだぜ」と心の中で突っ込んでから去る。

建物の外に出ると、冷たくなった風がひゅうとデコに吹き付けた。いつのまにやら、キャンパスは秋の風情である。ブーツ姿できゃはきゃはと笑い合う女子たちが横を通り過ぎて、ああ、もうそんな時期ですかね、と気付いた。珍しく、靴でも買いにいこうかしら、という気分になる。もちろん今から街に出ても遅いので、明日。

――冬が来る前にマフラーも欲しいよな。なにしろ夜間は通学寒いからなあ。それから、新しいコートも。

無意識に手をジャケットのポッケに突っ込んでいた。まだ夏期休業期間中とはいえ、七時を過ぎるとだいぶ涼しい。あたたかい昼のうちに出歩きたいのだけれど、夜更かしが癖になると、気合いを入れない限り五時前には外出できない。今日も、夕方から図書館にこもって、適当に興味のある論文をあさったあと、663教室に寄ったのだった（別に家でもインターネットくらいできるけど、こういう成績関連の行事があって回線が混み合う時は、学校からのほうが繋《つな》がりやすい気がして、わざわざ出てきてしまう）。

就職の前に夜更かしの癖も直さないとなあ、と考えながら空を見た。東京の夜空は、地上の灯《あか》りを照り返していまいち暗くないのだけれど、星は見える。学校の行き帰りは、だいたいどこかに金星が光っていた。星っていいよね、結局ね、と心の中でひとりごちながら、足取り軽く家に向かう。今日は「王手」のお祝いにハーゲンダッツを買おう。抹茶味の。

大学生活四年目、一人暮らしも四年目だ。

コンビニ弁当と百円レトルトカレー、百パーセント野菜ジュースがお友だちだけど、なんとかやれている。住宅事情のいい富山から出てきたから、最初はアパートの狭さにドン引きし、ゴキブリの存在に打ち震え、新聞勧誘にびくびくしながら過ごしていたものの、二ヶ月で慣れた。なんだかもう、最初から東京に住んでいた気さえする。帰省すると家族は喜ぶけれど、富山はどの交通機関を使っても遠過ぎて、滅多に帰らない。

就職も東京で決めた。本当はレコード会社に入ってばりばりマネージメントをしたり、マンガの編プロに入って新人を発掘したりしたかったのだけれど、参考書を作っている小さな出版社に収まった。まあ、それもいいだろうと思う。どんな仕事でも、きちんとやって、休みの日に家で気ままに本でも読めればじゅうぶんだ。

学生の今でも、暇があると都電に揺られて池袋まで出る。書店でぶらぶらして、レコード屋で新譜を試聴して、たまにはデパートの屋上にのぼる。平日昼間、わずかな親子連れと、仕事をさぼっているサラリーマン、無職らしいおじさんたちがたむろするユルい屋上で本をめくるのは気持ちがいい。なにしろ、デパートの屋上だから適当に高さがあり、周りの建物が視界に入らない。空が広いのだ。東京の空は狭いとか言う人は、ちゃんと空を見ていないんだなと思う。

九月二十九日、夏休み最後の日を使ってデパートで買い物をし、最後に屋上に出た。空の色はごく淡いオレンジなのに、隣のデパートの窓に映った夕陽がぎらぎらと炎のようで、面白かった。

休み明け一発目の授業は中国語だった。前期と後期で単位を分けてはいるものの、実質前期の続きで、メンバーも変わらない。脱落した人が数人居るようだが、目立つ面子《メンツ》は減っていなかった。

「見て見て、サーヒン焼けっ」

色黒になった男子が、長袖《ながそで》のTシャツをめくって、女子に腕を見せている。彼の後ろに陣取った女子二人組は、「え〜、スゴ〜イ」ととりあえず高い声を上げていた。教室の喧《けん》噪《そう》、こうだったな、と思い出す。夜間部は基本的に人数が少ないのと、在学生の年齢や境遇がばらけているのとで、馴《な》れ合いが少ない。他の大学に行った高校の同級生に言うとびっくりされるのだが、休み時間ですらお喋《しゃべ》りが聞こえない授業も結構ある。

しかし、語学だけは人がつるむのだ。たぶん、一回でもノートを取り逃がすと単位を取るのがキツくなるので、少しでも助け合おうとするのだろう。教室の前列、右端と左端にあるのが大きなグループだった。どちらも男女混成。右は軽め、左はサブカルめだ。「サーヒン焼け」の男子はもちろん右側のグループである。

「ひたちなかロックフェス行ったし！」

「うっそマジで、あたしも行ったのに！　何日目？」

左側も、人数が増えてきて負けじと喋り出した。長い髪を後ろでまとめた女子が、「BENNIE　K、パフォーマンスで見直した」とか言っている。

——いや最初からすごいし、ベニーは。お前に「見直した」とか言われたくないし。

私は教科書を出して予習済みのページを開きながら、左グループに突っ込んだ。目線はあくまで下。続いて右のグループの日焼け男子に、おめーナンパ焼けだろ、と突っ込む。――おっと、心がすさんでいるわ。教室に友だちがいないからってうらやんでるみたいじゃないの。

中級語学は二年生が圧倒的に多い。私のように、四年生になってから授業を取っている人は、たいてい単位を落としている人間だ。他の語学を修《おさ》めたあと、「第三外国語」的に単位を取るケースはレアである。よって、非常に教室に馴染《なじ》みづらい。二年違うだけならまだしも、私は浪人期間が一年あるので、現役で入った二年生は三コ下ということになる。この子らはモー娘。が売れていた頃小学生だったんだなあ、と思うとちょっと気が遠くなってしまって、いまいち打ち解けられない。向こうから見て、私が唯《ただ》の「地味な留年女子」なのがぼんやりわかるから、というのもある。とても、クラスコンパに参加してきゃいきゃい騒いだりできない。

「宿題やった?」

「あれって、一応課題、って感じだけど強制じゃないよね。だって単位が前期と後期で別なわけだし。それまたいで課題なんて有効なわけないじゃん。あたしやってきてないよ」

「いや、でも、やってくれれば平常点加算だっしょ〜」

そんな会話が耳に入るだけで、ちょっと苛《いら》つく。単位のための勉強かよ、じゃなくてお前のための勉強だろ? 課題くらいやってこいっちゅーの。そう思うのも、この人たちと友だちじゃないからだろうか。仲良しだったら、こんなふうに意地悪なことは思わないんだろうか。

――気分屋すぎんのかな、私。

頬杖《ほおづえ》をついて、ため息が出そうな口元を隠した時、勢いよく後ろのドアが開いた。

「……カブトムシ！」

思わず振り返ってしまう。見覚えのある男子が、ずかずかと教室に入り込んできたところだった。私の横を通って、前のグループに近付いていく。

「……のっ、オスとメスを飼ったら交尾を始めて、それを見ている間に夏休みが過ぎた！」

彼はサーヒン焼け男子の机に両手をついて言った。サーヒンのみならず、周りの女子も一緒に吹き出す。不意をつかれて私も笑いそうになってしまった。口元を覆っていた手で、そのままにやけた唇を隠す。

「マジかよ！」

「いや、課題やってない言い訳……だがまあ、一〇五％くらい事実かな」

「確定事実じゃん！」

サーヒンに突っ込まれながらも、その男子はむっつりしながらこちらに戻ってきて、私の後ろの机にカバンを置いた。

確か、角田《かどた》、とかいう。前期の授業から、いつも真後ろに座っていたので、出席カードを回収する時に名前が見える。角田は右側のグループの男子と喋るようだが、何故か一言ネタを言うだけで、自分の定位置に戻る。おかしい奴だ。なぜサーヒンと並んで座らないのかは謎だが、容姿がなんとなく体育会系っぽくて垢抜《あかぬ》けないのと（なにしろ頭が丸刈りだ）、私と同じで若干年をくっていそうなのとで、グループに交じらないのもわかる。出席カードにも、四年、と書いてあったはずだ。

——そういえば、うん、こんな人も居るんだった。

教室の感覚が、やっと蘇《よみがえ》ってくる。二ヶ月の夏休みは長い。どんな人が居たのかも忘れてしまう。

「俺もカブトムシのようにツノがあったらモテるかも……？　いや都合よすぎ？」

席についても、角田は普通のボリュームで独り言を言っている。頭の中身がダダ漏れになるタイプらしく、四月から独り言が激しい。もはや気にならない、のだが、面白いいいキャラだとは思う。でも、声をかけたりはしない。なにしろ私はこの教室で誰とも口をきいたことがない（教科書を忘れた女の子にページを開いて見せてあげた時以外）。いきなり声をかけるのもなんかな、と思うし、もう後期なのだから今さらどうこうしようという気にはならない。

大学生活四年間は、何事もなく終わっていく。実は私は学校に友だちが居ない。

〝つーか、マジ引っ込み思案な奴ほどサークル入んないとダメだよ

彼氏彼女どころか、フッーに友だちできねえ〟

テイクアウトのハンバーガーをむしゃむしゃやりながら、キーボードを叩《たた》く。「書き込み」をクリックすると、掲示板の一番下に文章が表示された。ちなみに掲示板は「孤独な大学生活その56」だ。

——孤独なのみならず、こんなとこに膝《ひざ》抱えて書き込みしてる私ってどーなの、どーなのよ。

ダイニングテーブルの上のiBookと向かい合いながら、若干の自己嫌悪を覚える。同じ「孤独な大学生」でもこんなところに書き込みしないほうがマシなんじゃないか？　と迷いつつも、五分後に「新着レスの表示」を押して、新しいレスがついていると嬉《うれ》しい。

〝だよな。俺もタイムスリップできたら新入生の俺にそう助言する〟

〝サークルで空気扱いされるのも鬱《うつ》ですが〟

これでいいのだろうか。ケチャップのついたピクルスはうまい。マクドナルドさいこー。薄いパンおーけー。でもネットの中の人だけが友だちな自分を「さいこー」「おーけー」と言い切る勇気はとてもない。

「フロ入るかなー……」

自然に独り言が漏れてびっくりした。三十代独身男性ならまだしも、私は二十二歳女子だ。ぴっちぴち（のはず）なのに、自分の行動を申告するタイプの独り言をもらしてしまうなんて。

——でも、まあ、私ってこんなもんだし。

ネット大好きだし。夜更かしッ子だし。彼氏居たことないし。化粧してもしなくても顔変わらんねって言われるし。貧乳だし。一番友だち多かったの小学校時代だし。

浴槽を洗いながら、自分の欠点を再確認していく。そうだ、私はこんなのだから、きちんとやれることをやらなければいけない。勉強。そしてゆくゆくは仕事。

「まじめな社会人になるのだピョン♪」

適当な替え歌をうたいながら、お風呂《ふろ》用洗剤をシャワーで流した。レモンのにおいが、タイルばりの古いお風呂にさっと立ちこめる。

一昨年《おととし》の盆、初めて地元の同級会があった。小学校の友だちと居酒屋で再会して、びっくりしたのは、私以外の女子全員に彼氏が居たことだった。

「ビミョーに浮気くさいんだよね、そのメールが」

「あるある！『メル友』は実際クロだよね〜」

「つか、あたしがそもそもメル友から彼女に昇格したわけだし」

「それ痛いわー」

ビールをがっつり乾杯させて、枝豆とタコキムチを消費しまくる彼女らの話に、私は圧倒されていた。みんな、小学校の校庭でたすけおにとかしながらキャーキャー走り回った仲で、顔も確かにその時と変わらないのに、違う人みたいな話をしている。

——あれっ、もっとなんかさ、マンガの話とかしないの？　懐メロものまね大会とかないの？

焦った。「メールね～」「出会い系ね～」「ビミョーだね～」とほぼオウム返しの相づちを打ちながら、目を泳がせていた。最初は男女分かれていた席が、だんだんアイマイになっても、話題は基本的に変わらない。進学組の子も就職組の子も、彼氏もしくは彼女の話ばかりしている。共通の話題ってことでとっつきやすいのだろうが、しかし。

「で、小林は？　お前も告ったり告られたりしてんだべ？」

隣に座った男子にどつかれて、「いや、ないわあ」と笑ったら、ふとみんなの目線が集中するのがわかった。「またまたァ」「隠さなくてもいンだから」と数人の女子がフォローにまわる。私は、恥ずかしくって言えない、とばかりにへへっと愛想笑いをしてうつむいてみせた。

——友だちもできないなんて言えねー。

「東京はカッコいい人いっぱい居ンだろねえ」

「大学だとケタ違いのボンボンなんかも交じってんじゃねーの。いいのつかまえろよ、小林ィ」

みんな快活に笑う。お酒が入って笑い過ぎなところもあるけれど、基本的には普通の、小さい頃のままスライドしたみんなだ。子どもの頃から順調に育って、順調に大人になったみんな。日々を疑うことなく楽しそうだ。

でも私は、わざわざ東京の大学に入ったにもかかわらず、特に楽しいことはない。いや、ひとりではじゅうぶん楽しくやっているはずだけれど、めくるめく恋だの自分の予想外のものは世界にない。

——私、やばいのか？

初めて違和感を持った。と同時に、それをなんとかして打ち消さねば、という焦燥にかられた。

二十歳を過ぎたのにロクに飲んだことのないお酒をがぶがぶ飲んだ。やっすいチューハイ二杯でぐだぐだになり、壁に寄りかからないと座れなくなった。「うっそ小林、酒弱過ぎ」「らしいよね」と女の子たちが笑うのをうっすら聞いた。お向かいのナオちゃんの車に乗せられて帰った。

目が覚めると、畑の広がる窓に面したベッドの中だった。朝早くで、空は薄い水色だった。おもむろに、生きていかねば、と思う。

——楽しいことがなくっても、私は私だし。

恋とか友情とか三角関係とか、そういうものは私の生活にない。代わりに、勉強はそこでできたので、これをしっかりやっていこうと考えた。

胃の底がだるくて、身体に力が入らない。二日酔いってやつなんだろうか。こんなことはもうしないぞ、と誓った。

次の中国語中級は、珍しく遅刻しそうになって、慌ただしく家を出た。マンガの新刊に夢中になりすぎて、あとちょっとだけ読もう、いやむしろ全部読んじゃおう、なーんてやっているうちに、いつもの登校時間を過ぎていたのだ。

学校は徒歩圏内にある。歩いたって十分そこらの距離なので、走ればわかりやすく所要時間が縮まるはずだった。

滑り込みセーフ、七時四十分ちょうどに教室の前に着く。中国語の先生は極端に遅刻する場合と極端に早く来る場合の二パターンしかなく、今日は遅刻のほうらしかった。ほっとして席につく。

いつものざわめきを耳に入れながら、教科書を出そうとしたところで気が付いた。

――ない。

血の気が引いていく。カバンの底をぱたぱた手で触っても、ペンケースと下敷き、プリント用ファイル以外のものは入っていない。そういえば今日は、いつも居る和室のほうではなく、ダイニングテーブルでだらだらと予習したのだ。教科書もノートもそこに置いてきたらしい。

――うっそ。

すかさず辺りをうかがってしまう。いつもの配置で座るクラスのみなさんたち。詰めると四十人入るらしい教室に、ゆるく十五人ばかりの学生が座っている（夜間部なのでこんなものだ）。隣の席、はもちろんずっと空きっぱなしだし、たまに前の列にぽつんと座っている大人しげな女子も居なかった。一応、後ろも見ると、角田も居ない。

「いつもの」じゃない席に座って、ひとりで居る人に話しかければいいというのはわかる。でも、こんな時にだけ他人にすり寄っていくのってどうなんだろうか。

時間は刻々と流れていく。間もなく先生が入ってくるだろう。さすがに、教科書もノートもなしで授業は受けられない。音読をしろと当てられた時、手元に何もないんじゃ温厚な先生も怒る。

迷った末、私はよろよろと教室を出た。

——帰ろう。帰るしかない。

階段に向かいながら、途中で先生と鉢合わせする可能性に気付き、二階の隅にある喫煙コーナーに逃げ込んだ。ここで十分くらい待って、確実に授業が始まった頃逃げようと思ったのだ。

七限開始後の喫煙所に、人の姿はなかった。まだ夏休み明けということもあるのだろうか。隅っこにあるソファに腰かけると、横でぶうんと音がした。自販機だった。八十円入れて、カップ入りの炭酸飲料を買う。

紙カップと差し向かいで座り、情けない気分になった。自分はいったい、何をしに学校に来たのだろう。

——二十二にもなって、教科書ひとつ他人に見せてもらえないで。

窓の外は夜で、リノリウムの床に蛍光灯の光がこうこうと映っていた。講義の音ひとつ聞こえない。この校舎はおんぼろだけど、ドアはしっかりしているようだ。急に心細くなる。

——落ち着け自分。これ飲んだら本屋でも寄って帰るべ。

お茶をすするようにファンタをすすったところで、隣のソファにどかっと人の座り込む音がした。

「……やっべ。いい加減、平常点……ノート真っ白なのバレバレ」

ぶつぶつと独り言が聞こえる。この声は、と思って顔を上げると、角田が座っていた。膝《ひざ》の上に頬杖《ほおづえ》をついて、宙を眺めている。良いガタイにのっかられて、古いソファがぴんと革をのばしていた。

「……カブトムシ！　が——」

唐突にかっと目を見開いたものの、すぐさま元のけだるそうな頬杖に戻る。

「この言い訳ももう使えねーしなあ……」

——先週は使ったのかよ！

「ピンインの読み方とか今さら訊《き》けねー。tとdの違いがわかんねー。つか、同じだろ、どう聞いても何アレ」

——それは相当やばいな。

「交尾かあ……」

——思考飛び過ぎ飛び過ぎ。

この人は本当にどこに居ても頭の中がダダ漏れらしい。同じ教室で慣れているからいいものの、喫煙所でいきなりこんな人に会ったら私でも驚くだろう。

『カブトムシの墓を作る場所の選定に手間取り』……ダメだ、パンチが弱いな。カブトムシネタから離れた方がいいな」

まだ言ってるよ、と思いつつ、カップのジュースの最後のひと口を含んだところで、角田が立ち上がった。

『マリーとジョンの死に泣き暮れて』だっ」

三秒考えてから、ジュースを噴き出しそうになった。無理やり飲み込もうとして思いっきり咳き込む。ぐえほっ、と大きく咳払《せきばら》いをしたら、こちらを見た角田と目が合った。柴犬《しばいぬ》のようにくろぐろした目が、じっとこちらを見る。あ、と声を漏らしてしまった。

「カ、カブトムシの名前が、マリーとジョンなのよね？」

名前かよ！　とツッコミスタイルにしたいところを、一応抑えて言った。角田はまだ無言で私を見つめている。しばらくしてから、独り言より小さな声で答えた。

「知り合いじゃ、ないよね？」

――げ。わかってない。

かっと頬が熱くなる。「すみません」と言ってから、言い訳を並べた。

「中国語で一緒だしっ、あなたいっつも独り言言ってるからつい頭に残るっていうか」

「へえ……」

角田は頭をひねってから、ふと思いついたように言った。

「あれ？　なんで中国語で一緒の人が今ここに居るの？」

喋《しゃべ》り方がいちいち、怖い。どうして独り言のほうがおおらかなのかわからない。ずいぶん不機嫌そうに喋る。ガタイがいいから相当な威圧感だった。

「それは、あなたこそというかなんというか」

しどろもどろに答えると、「あー、そっかそっか」と角田が頭を掻《か》いた。髪の毛がじょりじょり、と音を立てる。しかし顔には愛想ジワひとつ浮かばない。

私はそこで初めて、この人自身が笑っているところを見たことがなかったのに気付いた。みんな角田の一言に笑っていたけれど、本人は無表情だった気がする。

――どうしよう、怖いよー。

目だけ柴犬の暴力団員だ。かかとが勝手に後ずさりしている。教科書がないことに気付いた瞬間を上回る汗が、今や私の額にびっしりとくっついていた。やっぱり、話しかけたりするんじゃなかった。もはやタイミングを見て紙カップを潰《つぶ》して立ち去るのみだ、と思ったところで、角田が教室のほうを見やった。

「で、このネタどう？　リンムー誤魔化せると思う？」

リンムーというのは、先生の苗字《みょうじ》の中国語読みである。宿題ができない言い訳、のトピックに戻っているのだ。

「……ひねりすぎて、もはやダメかと……」

正直に申し上げると、「あー、そー」とさらにぶっきらぼうな返事がかえってきた。

――うん、もう、帰ろう。

ソファを立って喫煙所を出ていこうとすると、後ろから「おいっ」と声をかけられた。

「授業行くのか？」

「行きませんっ。帰るんです」

威圧され切って敬語になってしまいながら答えると、角田は急に肩を縮めた。ほんとうに、しゅるしゅると縮んだように見えた。

「なんだ……ついてってもらおうと思ったのに」

遅刻怒られんのコワイし、とつぶやきが付け加えられたところで、ふわりと空気が動いた。いや、実際には人気の少ない夜の校舎の中で空気なんか動かないのだけれど、私はそう感じた。不思議なことに。角田の表情は硬いままだったのに。

「教科書見せてくれんなら、出てもいいよ」

私は野良犬に手を差し出すように警戒しながら、答える。

かくして、十分遅れで教室に入った私たちは、一番後ろの席に並んで座った。試験以外で男子の隣にぴったり並ぶことなんて、高校以来だ。

「……じゃあ、小林貴理子さん。三行目から」

「はい」

先生に当てられて音読をする。時々アクセントを直されながら読み終え、予習したことを思い出しながら和訳も乗り切った。これでもう、今日は当たらない。ひと息つくと、真横からじっと視線が注がれていた。

「何か？」

私が問うと、角田がルーズリーフの端に走り書きをした。〝あなたのお母さんは中国人ですか？〟と、やたらに角度のきつい右上がりで書く。

「いや、普通に富山人」

口頭で短く答えると、〝Ah, ha?〟と何故か英語で返事をよこされた。

幸い（多分）角田は当てられず、終わりの挨拶《あいさつ》になった。では来週この教室で会いましょう、という意味の中国語を先生がぺらぺらと喋り、再見《ツァイチエン》、でシメる。みんなが席を立つ音が響いたあと、いきなり角田が話しかけてきた。

「感動した！」

しかもいきなり懐かしいモノマネだ。古い。

「なんであんなにぺらぺら読めるんだ！　すごくないか？」

なんで、と問われても一言では答えられない。

「予習してるし……復習もするし……」

「いや、俺、大学四年の今ですら『予復習』ってものを理解してないんだけど！　具体的に何してんの？」

さっきとはうってかわって角田の声がデカい。カバンを持って帰りかけた前の席の人たちが、こちらにちらちらと視線を投げ掛けてくるのがわかった。さっそく日焼けが薄れつつある男が、「角田、バイバーイ」と言った。角田は「おえっす！」と短く返事をして、すぐ私のほうに向き直る。

——本気で訊いてるのかね、この人。

もし私の語学勉強法を聞いて引いたらどうしよう、と思いつつ、私はぽつぽつと説明を始めた。先生が「電気消しますよ」と言うので、なんとなく一緒に廊下に出る流れになる。

1　重要構文をピンインなしで暗記カードに写す。
2　裏に、ピンインと、新しい単語の意味を書き込む。
3　意味を思い浮かべながら構文を音読しまくる。
4　表の中国語から、音と文意を読み取れるようにする。
5　裏の和文から、表の中国語を組み立てられるようにする。

「1から3が予習で、4と5が復習。で、4と5はできるようになるまで繰り返す」

「それいつやんの⁉」

「お風呂《ふろ》の中とか」

「お風呂っすか⁉」

並んで校門までのスロープを下った。角田は私のガリ勉っぷりを聞いても引かなかった。

ただ、丸刈りの頭を掻いて、「やーべえなー、そこまでできる気しないわ」と言っただけだった。

「じゃ、私ここまっすぐだから」

交差点でJRの駅の方角に折れようとした角田に告げると、彼は笑わないまま「あー、そー」と言って手を振った。手のひらが、すごく分厚いのが、街灯の光の中にぼうと浮かんだ。

交差点までは学生で混み合っていた路《みち》が、一気に喧噪《けんそう》を無くす。住宅街に向かって曲がりくねった路を、ポケットに手を突っ込んで歩いた。

――あ、月だ。

見上げると、きっちりの半月が空に浮かんでいた。去年買ったベロアジャケットの内側で指を擦りながら、今度は新しいコートを着てこようかな、と思う。

――とかって。自分浮き上がりすぎ。

冷静になろうと気を配るけれど、目元をぴっと張らせるための筋肉に力が入らない。どうしても、のへらと笑ってしまう。

なんだろう。なんか、楽しい。人と話すだけでこんなに楽しかったのか、と生まれたての子鹿のごとく思った。授業前にお喋りしている人たちがうざったかったのも、今は昔。あの人たちも、ただ楽しくて喋っていたんだろう、と考えることができる。

半月から、半分に切ったスイカを連想して、私は、次に角田に会ったら本当にカブトムシを育てたのか訊《き》こう、と思った。

「休み明けクラスコンパやりませんかーっ」

いつも日焼け男の後ろに座っている女子二人組が、教壇に立って声を張り上げた。私は、またもや遅刻してきた角田のほうを振り返ってみようかと迷っていたところで、思いっきりびっくりしてしまった。

「来週の、この授業のあとにしようかと思ってるんですけど……まあ、時間遅いけど軽めってことで。学期末じゃないし」

明るい色のボブの女の子が説明して、もうひとりの巻き髪の子のほうが、ルーズリーフを用意してペンをにぎっている。

「参加したい人、挙手してください」

サブカルグループの子たちが、顔を見合わせて何かささやきあっている。ちらほらと座っているロンリー組は、コンパの存在を無視して帰ろうとしていた。

「角田、行くべー」

一番前の席から、振り返って日焼け男が叫んだ。「また梅酒スペシャルやろうよ！」となにやら内輪ネタくさいことを言う。私は、今まで二回あったこのクラスのコンパ（と、無数にあった四年生までのほぼすべてのコンパ）を無視してきたので、よくわからないが、角田は「えー、だるうい」と何故かオカマ口調で答えた。

「いいから。角田参加な。あと俺も」

日焼けくんが、巻き髪の女の子に指示した。他にも、グループから離れてふたり組をつくっている人がいくらか手を上げる。

「十人、と……。あとは、どうですかー。いくらでも参加どうぞお」

ボブの女の子が再び声を上げたところで、私は気弱に耳の辺りまで挙手をした。してみた。

「十一人」

女の子が、ちゃんと私を見つけてカウントしてくれる。安堵《あんど》して手を下ろすと、後ろからにょきりと手が伸びて、私の机の端を叩《たた》いた。

「小林さん！　梅酒好き？」

振り返ると角田が、例の無愛想かつ目だけ柴犬《しばいぬ》の状態でこちらを見ていた。私は「いや、お酒はちょっとダメで」と言うと、「ふーん」という返事がかえった。

「じゃあまあ、俺らの梅酒スペシャル堪能《たんのう》してよ！」

「うん……？」

意味不明な言葉に、首を傾げながらうなずくという器用な応答をしてしまう。そうこうしている間に話はまとまり、来週の授業終了後、近くの居酒屋にみんなで流れ込むことになった。

「予約、しておきますんで、ダメになった人はここに連絡して下さいねえ」

巻き髪の子が、自分のものらしき携帯のアドレスを黒板に書いた。メモっている男子の一部が、既ににやついているのをめざとく見つけてしまう。どうよそれ、と思ったけれど、今や自分も同じ穴のムジナと思えば文句も言えない。

——人とつるみたい、とかって、わりと自然な欲求なのかもな。

黒板のアドレスを携帯に入力しながら思った。その間に角田が、何故か「やべっ、始まる」という言葉とともに突然席を立ち消えてしまった。まあしかし、焦ることもない。

校舎を出ると、スロープ前の広場に人だかりができていた。夜間部名物、「童貞メガネーズ」なるお笑い男子三人組のキャンパスライブ。いつものように素通りしようとしたところで、ふと、見物客の中にひときわデカい丸刈りの男が交じっているのに気付いた。笑えた。

アパートのポストを開けると、会社から封筒が来ていた。中には、「内定者研修のお知らせ」というそっけない書類が一枚、入っていた。小さい会社にしては（だから？）、入社前の拘束日をマメにもうけてある。また馴染《なじ》まないスーツを着てでかけなきゃいけないんだなあ、学生で居られる期間もあと少しで、私は本当にこの会社で働いていくんだなあと実感したけれど、それはさして悲しいことではなかった。

レコード会社にも、編プロにも行けなかった。でもまあ、生きていれば何かめくるめくことがあるのかもしれないし。

眠る前に、ベランダに出てもう一度月を眺めた。研修のお知らせは、手帳にスケジュールを写したあと、紙飛行機にしてしまった。

いつも「ほどほど」のところでガマンしていた気がする。

中学の時、かわいい女の子たちが短くしたスカート丈を見て、いいなあと思ったけれど、詰める勇気がなくてやめておいた。高校の時、クラスにとても速く走る利発な男の子が居たのだけれど、口をきけなかった。予備校の面談で、もう少し上ねらってもいいんだぞ、と担任に言われたのに、夜間でいいです、と言った。

——だって、まあ、私だし。

その一言で、自分を納得させることができた。なんでだろう、私は、未来に期待することがそんなに大事じゃない気がしていた。あまりに期待して、それが打ち砕かれるのが怖かった。でも。

——自分にもめくるめく日々があるんだって思いたいよ。

紙飛行機を、思い切り月に向かって投げた。月に届くわけじゃなく、通りのけやきの枝の下をくぐりぬけて、道路のほうへ消えていっただけだったけれど、その辺はあまり見ないことにする。

夜の風はがんがん冷たくなり、日の沈む時間が早くなる。クラスコンパの日、私はおろしたてのコートを着て学校に行った。ちょっと思い切って買った、ぱりっとした緑色のトレンチだ。会社に入ったら目立ちすぎて着られないな、と思いつつも、どうしても自分のものにしてみたくなったのだった。

「おっ、そのコート、バブルスライムみたいな色だね！」

例の授業が終わって、コンパの参加者でわらわらと階段を下りている時に、角田に声をかけられた。

「バブルスライム……？」

それって、某有名ゲームに出てくるドロドロした敵の名前だった気がするんだけど。私が訊き返す間もなく、角田は「誉めてるから！　も、超バブルスライム色」とまくしたてた。よくわからないなりに、ウケる。

地下鉄の駅を少し過ぎたところにある、こじゃれた店が予約されていた。クラスコンパにしてはずいぶん気がきいたところで、焼きそばやオムライスでなく、創作パスタがメニューの中心に並んでいた。

「ぜんぶおいしそうだね」

なんとなく、教室と似たような並びで席についた。左隣に座った角田に話しかける。

「何？　宴会メニューじゃないの？」

角田がつぶやくと、向かいから幹事の女の子（巻き髪のほう）が軽く答えた。

「うん、この人数だし。適当に注文したほうがおいしいもの食べられるよ」

「そっか、そうだね」

誰かが「ピザ！　ピザ！」と騒ぎ、もうひとりのボブの幹事が「まず飲み物から〜」と仕切り直した。教室よりずっと狭い空間に居るせいか、みんなとの距離が近い。私は、今までかかわり合おうとも思わなかった巻き髪ちゃんに、「ごめん、最初っからソフトドリンクでいい？」と自然に尋ねていた。

「いいよー、全然。気にしないで」

日焼け男に向かってげはげはと笑う時よりやわらかな笑みで、彼女が答えてくれる。この子、かわいかったんだなあ、と今さら思った。

「じゃ、アイスの緑茶で」

私が飲み物を決めると、角田が横から割り込んで言った。

「激シブ！　俺、梅酒で」

それに続いて、日焼け男が「じゃあ俺も梅酒！」と手を上げる。彼と角田が声を合わせて「むろん、お湯割りで」と言うと、テーブルのみんながどっと笑った。

——あら？　何そのノリ？

多少の違和感を覚えつつも、適当に微笑んでおく。他の人たちは口々に「生中」と言い、全員分のオーダーが決まった。幹事が店員を呼ぶ。

まもなく、ビール八、梅酒二、アイスの緑茶一、が運ばれてきた。乾杯をする。角田のと日焼け男のだけ、熱いわグラスが小さいわで乾杯しづらかったけれど、それさえみんなは愉快そうに見ていた。

やがて、適当に談笑が始まる。私は角田にカブトムシのことを訊《き》いた。

「マリーとジョンはさ、ホントに飼ってるの？」

「飼って『た』の。マリーとジョンじゃなくて、ほんとはチョビンとヒゲマロだけどな！」

梅酒をちびちびやりながら、角田が答える。一人暮らしが淋《さび》しくて幼虫を飼ってみたら、結果的に二匹に交尾されて死ぬほど悔しかった、という話もしてくれた。

「一人暮らしなんだ？　実家遠いの？」

「いや、港区。でも親医者だからホレ、適当に？　マンションとか借りてくれちゃって」

――ボンボンここに居たよ！

一瞬、目まいがした。東京に来て一度も金持ちに出会ったことなどない、と思っていたのに、こんなに近くに存在したとは。

「親医者なのに、文学部居ていいの？」

「いいんです！」

角田はやけに力強く言い切ったものの、その辺の事情については説明しなかった。

「麻衣子ちゃん、俺、次の梅酒行きます！」

空になったグラス（というか湯呑《ゆの》み）を差し出して、巻き髪女子に声をかける。すると、あさっての方向を向いて男子と喋《しゃべ》っていた日焼け男が、ものすごい勢いでこちらを振り返って言った。

「俺も！　梅酒お湯割りで！」

テーブル全体から、ひゅうう、と歓声が沸き上がる。さっきから梅酒のノリだけ変だな、と思ってから、先週の角田の言葉を思い出した。「俺らの梅酒スペシャル堪能《たんのう》してよ！」というアレだ。

二杯目の梅酒がやってくると、角田はそれを持ってあっさり席を移動した。日焼け男の隣に割り込む。

「梅酒スペシャル、始まります！」

角田と日焼けが湯呑みをぶつけあって、突然梅酒をあおった。熱いだろうに一気に飲み干して、ぶへえ、と息を吐く。その後、角田はこぶしを重ねて前に突き出し、「カブトムシの交尾！」と言って両手をウネウネさせた。既に顔が赤い。テーブルからどっと笑い声が上がる。

——あら？

いつもよりネタが冴《さ》えない気がするんだけど、気のせいだろうか。私が疑問を呈する間もなく、日焼けが立ち上がって、「混雑ピーク時の地下鉄のドア」と宣言してから、「ぷす——、がっ、がごー、ぷすっ」と音マネらしきものをした。その似ていなさに驚愕《きょうがく》する。が、ぽかんとしているのは私ひとりだ。みんなお酒を片手に、ほがらかに笑っている。

「麻衣子さん、ちょっと」

さっき角田に名前を呼ばれた、巻き髪の子に手招きをした。テーブルに並びつつある料理の上に身を乗り出して、耳打ちをする。

「『梅酒スペシャル』って、まさかコレ？」

麻衣子ちゃんは白い歯を見せて笑い、「うん！」と言った。

「梅酒だけで、どこまで酔っぱらってくだんないことできるか競うの。アッシと角田くんがね」

予想通りのくだらなさに脱力する。その面白さがどこにあるのか理解できないまま、時が過ぎていく。彼らの梅酒は三杯目四杯目と進み、それを追うようにみんなのビールのジョッキも次々と取り替えられていった。

「和田アキ子のマネをします。あ――――あ――――♪」

すっかりできあがった角田は絶唱し、みんなから「それクリスタルキングだよ！　アッコじぇねーよ！」「いや、美空ひばりでは？」と突っ込まれていた。むしろ、日焼けのほうが若干面白くなってきている。「アニメ版『ムーミン』の口の動き」と言って、やたらと口を隅っこに持っていってぱくぱくさせた。

私は隣の席を空けたまま、料理を口に運んでいた。味覚がない。サーモンのマリネの、残ったタマネギだけをがんがん口に入れても何も感じない。

――来なきゃよかった。

だんだんむかむかしてくる。なんでこんなにみんな楽しそうなのか。料理はテカテカと脂がのってきれいだし、ビールの色の向こうには不思議な色の照明が混じるし、談笑はどこまでも明るい。私以外はみんな、それなりに定位置について楽しんでいる。それに苛立《いらだ》つ自分が一番醜い気がして、悪い感情が煮詰まってくるのだった。

「……小林さん、もしかして気分悪い？」

麻衣子ちゃんが、向かいから声をかけてくれた。アルコール摂《と》ってないいんだから気分悪いわけないじゃん、と思ってから、自分の性格の悪さにゲンナリする。

「ごめん、ちょっとトイレ」

「うん」

私は一度席を立って、店内の隅にあるドアに向かった。ドアを開けたところは手を洗う場所になっており、大きな鏡が張られていた。いきなり、ぶすくれた自分の顔と向かい合うことになる。

――ぶすだなあ。

造形的に悪い、というより、表情が信じられないほど悪かった。頬が不恰好《ぶかっこう》に歪《ゆが》み、唇が尖《とが》っている。目元も、くまができたみたいに凹《へこ》んでいた。

胸の底からまた、むかむかが湧いてくる。うえ、と吐くマネをしてみたけれど、健常な胃は何も吐き出さなかった。悪い私が出ればいいのに。

「くそ。笑えっちゅーの」

頬を押したり引っぱったりしてみる。笑え。楽しめ。つまんないとか言ってる自分がつまんないんだよ。ばか。

鏡の中に、くり返し言い聞かせる。なんでお前は強情なの、適当に笑えないの？　そして色んなことを適当に流せないの？　別に、酒の席でのことなんてどうでもいいじゃん、みんな明日には忘れてる。角田だって、私と話したことなんかすぐに忘れるんだ。

——笑えって。

もう一度唱えた瞬間、ぐっとお腹の奥が盛り上がる感覚があった。私の言うことにどうしても逆らいたい奴がいる。それもまた私。

どうしても抑えきれない力が湧き上がって、身体を動かしていた。

ドアを開けて、テーブルに戻らず、カウンターに歩いていく。中に居る店員に直接、注文した。

「隅の大きいテーブルです。梅酒のお湯割りひとつ下さい」

テーブルに戻ると、ぐにゃぐにゃに酔っぱらった角田が、尻《しり》文字を描いているところだった。日焼け男ことアッシが、他の誰よりもげらげら笑っている。

私はふたりの間に力ずくで割って入った。さすがにくだらなさに疲れてきていたんだろう、中途半端な笑みを浮かべていたみんなが、ぱっと私を注視した。視線が痛い。けど、それどころじゃない。

「つまんねんだよ」

角田の左肩と、アッシの右肩を押さえたまま言った。

「超つまんないわ、君ら」

　ひたとテーブルが静まり返る。「梅酒のお湯割りですが……」と遠慮がちにやってきた店員から、左手で湯呑みを受け取り、ひと口すすった。わずかな秒差で、胃の底が熱くなってくる。もうひと口呑んだら、今度はほっぺたが火照った。

　苦い。梅酒ですら苦いということは、もう本当にアルコールがだめなんだろう。

「ちょっと、大丈夫？　小林さん」

　麻衣子ちゃんが席を立とうとしたのを、一度湯呑みを放した手で制した。そのまま手を上げる。

「文学部二部四年、小林貴理子、梅酒スペシャルに参加します」

　みんな目を点にしている。アッシでさえ、少し酔いがさめたふうに口を開けてこちらを見ていた。私の右手に押さえられたままの角田が、「ひゅーひゅー！」と唯一足をばたつかせただけだった。

「四年生の叫び、聞いて下さい」と言って、もうひと口だけ梅酒を呑んだ。

　息を吸う。入る息は冷たいのに、ちょっと吐くと熱い。

「……つまんねえんだよ！　オール優取ったとこで、希望企業のひとつすら受かんねーよ！」

　もはや、箸《はし》やフォークを持っている人は居なかった。みんな、テーブルの上のものが全部消えたかのように私だけ見ている。まあちょっと痛いモノを見る目で。

「できることだけちゃんとやろうって、タカが知れてるんだよ！」

口に出すほど、ああ本音だ、と思った。私は、本当は、面白くない。色んなことが。勉強をこつこつやって、合間を趣味らしきもので埋めていくこと。わざわざ空を見上げて星や月を探して、きれい、なんて確認すること。ネットの友だちと自虐ネタで笑い合うこと。ちょっとでもよりよいものにしよう、っていう努力が実はもう嫌だ。この世とかみんなとか自分とか、なるべく良いフィルターかけて見ていこうなんて、生ぬるいやり方はもうごめんだ。

「日々に見つける小さな幸せ、とかじゃ満足いかねーよ！」

それにしても私の顔は今タコみたいでみっともないのだろうなあ、とほんの少しだけ冷静な部分があったけれど、もう、汚い自分でもどうでもいいことにする。

「楽しまなきゃ損、とか言われたって楽しくないものは楽しくないっ」

何がおかしいのか、角田だけは隣でずっと笑っていた。髪の生え際まで赤くして、けたけた、ガラガラにあやされた赤ん坊のように。

私は角田に目をやって、最後に、肩を押さえていた右手で思い切り彼を突き飛ばしてやった。どん、と結構な衝撃が手のひらに残る。

「お前も、つまらん！」

叫ぶと同時に、テーブルの下から自分のバッグを引っぱり出した。コートには手が届かなかったけれど、「コート」と言って手を伸ばすと、私の席の側でおどおどしていた男子が、緑色のコートを渡してくれた。それは着ないで抱え、財布から千円札を三枚抜いてテーブルに置いた。出入り口に向かう。

「え、ちょっと！」

背中に女の子たちの声がする。でも多分、追いかけては来ないだろう。角田がどんな顔をしているのかだけ、振り返って見たかったけど、かっこわるいのでやめておく。振り返らないのがせめてもの意地だった。

地下鉄の駅を通り過ぎたところでコートを着込み、足を速めた。歩いているうちに、ぽろぽろと涙がこぼれた。右、左、右、左。足をアスファルトにつけるたびに、視界がたわんで水の粒がほっぺたにこぼれる。

――ちくしょー。

何をやってるんだ自分、という気持ちがないでもなかったけれど、それよりも、さっき自分で口にしてしまった言葉の真実味に泣けた。つまんない人生。つまんない私。今はもう、わかる。これからどうしたらいいかまではわからないにしても、とりあえず事実を認めたことだけで、じゅうぶんだ。

いつもの通学路の交差点を折れたところで、私は立ち止まってしまった。立ち止まって、泣いてもいい気がした。

ぐう、とか、ひっ、とか、みっともない音が喉《のど》から漏れていく。ほっぺたはもうびしょびしょのツルツルで、水ようかんの表面みたいになっていた。

こうなったらもう、思いっきり泣いてやる、と思って息を吸い込んだ時、後ろから腕をつかまれた。

「バブルスライムッ」

びっくりして振り返ると、赤信号の灯《あか》りを背にして、角田が立っていた。息を切らしている。顔がまだ赤いのか、それとも信号の光のせいなのかよくわからないまま、彼は膝《ひざ》に手を置いて息を整えていた。

「な、何？」

事態が呑《の》み込めないあまり、涙が止まってしまった私の手を、角田の右手がぎこちなく取った。

「なんか、みんなが追いかけろって言うから」

荒い息混じりに言われる。

「……なんだそれ」

みなさんの気遣いかよ、と言いかけたところで、角田の手がずるりと抜ける。べた、と厚そうな手のひらがアスファルトの上につき、角田はかがみこんだ。

「アッシが、それ彼女フラグだって言うから……」

言葉の意味が取れない。しばらく考えてから、はっと息を呑んだ。「お前もつまらん！」と角田だけに言うことで、逆に好意がバレていた、ということだ。三コ下のみんなは、私よりずっと大人だったことを瞬間的に悟る。アルコールの作用でも走ったあとの作用でもなく、顔が熱を放った。

角田の後ろにある信号が青に変わり、ぶうんとバイクのエンジン音が響いた。私たちの横を、自動車のヘッドライトが過ぎていく。

「で、アンタは別に私のこと好きじゃないんでしょ」

ライトが通り過ぎてから言うと、「今はね」と短い返事がかえった。

「今は」

うわごとのように繰り返してから、角田が喉を押さえた。

「……とりあえず、吐きそうです」

「どわっ」

呑んだのが梅酒とはいえ、あれだけ泥酔した状態で彼が走ってきたことを思い出す。慌てて肩を支えて路《みち》の隅に押しやると、何故か角田は小さく笑った。その笑みを盗み見ながら私は、めくるめかない日々でも、実際先はわからんな、と思ったりする。

花束になんかなりたくない

沢が鳴っている。浅い水が速いスピードで流れていく音は、さらさらというよりは、きゃらきゃらと笑い声のように聞こえている。夏だ。右手から張り出した木の枝が、足元の岩の表面に、影でまだら模様を作っていた。

「たかちゃん、待ってよー」

かなり後ろのほうから声がする。振り返ると、長い髪を二つ結びにした星子が、大きな岩の上に立ってこちらを見上げていた。黒目がちの瞳《ひとみ》で、小型犬みたいにじっと俺を見ている。

「待ってよ、じゃねーよ。さっさと来いよ」

山だから涼しいはずなのに、陽の当たる頭のてっぺんがじりじりと痛い。連れてこなきゃよかった、とひとつ年下の従妹《いとこ》の貧弱な膝小僧《ひざこぞう》のラインを眺めながら思う。星子はまだ九歳で、しかも東京もんだから、沢登りなんかできるはずがないのだ。はなからわかっていたから断ったのに、うちの母親と来たら、「いじわるしないで一緒に遊びなさい」などと一般論を押しつけた。これは「いじわる」じゃない、と俺は理不尽さを感じる。でも大人には逆らえない。仕方なく連れ立って山に来たが、案の定、星子は、大きな岩から小さな岩に飛び移るどころで動けなくなってしまった。

「無理に飛び降りなくていいから。こっちに背中向けて、ゆっくり足下ろせ」

下に向かって指示を出す。けれども星子は、じっと俺を見つめるばかりで動こうとしない。高低差があるのが、怖いのだ。それがわかるのは、俺もあの岩から動けなくなったことがあるから。

初めてここに来たのは、二年生の夏休みで、隣の家の六年生が一緒だった。他にも高学年の人たちが何人か集まり、ひょいひょいと岩をまたいで先へ進むと、振り返って、動けないでいる俺を笑った。

――貴男《たかお》ちゃん。貴男ちゃんそこで待ってなよ。

日に焼けた脚、男女入り交じっているのにほとんど区別のつかない伸びやかな脚たちが、ぐいぐいと岩をまたいで上に行く。俺は大きな岩の上にしゃがみこむ。きゃらきゃら、きゃらきゃら、両脇では沢の水が笑っている。行かなくちゃ、と思うのに、ひとつ先の岩が果てしなく下に見え、足を下ろせない。高低差が強調される。多分、今の星子も同じ光景を見ているんだろう。

「たかちゃん」

今にもなきべそをかきそうな声で叫ぶ従妹に、俺は無性に苛立《いらだ》ちを感じる。背を向けて、あの六年生たちと同じように行ってしまおうかと思う。けれども、きびすを返そうとすると足がむずがゆい。星子に苛ついてるのではなく、彼女を置いて平然と進んでいけない自分に苛ついているのかもしれなかった。

「じゃあ帰れ。来た通りに戻ってけ」

投げやりに下を指すと、星子はちらりと後ろを振り返った。ひとつ前の岩に向かって、足を伸ばしたのが見える。来る時は問題なくのぼってきたくせに、怖くなったのか、おっかなびっくりにつま先を出していた。

あっ、という小さな叫び声とともに、星子のつま先から、赤いサンダルが滑り落ちる。それは水面に呑《の》まれると、瞬時に流れに取り込まれて、神隠しのように見えなくなった。

わあん、と大げさな声を上げて星子が泣き出す。俺は舌打ちをして、沢を下り始めた。星子のところまで戻る。黙っているといつまでも泣いていそうなので、「ほら、反対も脱げ」と言って、左足に残ったサンダルを脱がせた。細いストラップが複雑にからんだ、子どもらしくないデザインの赤いサンダルが、田舎の子どもの目には奇異に映る。

なおも目をこすって泣きつづける星子を見て、もう一度、沢の上方に目を向ける。朝早いし、天気もいいので、森の奥へ入っていく川は金の鈴を転がしたようにきらきらと光っていた。

「帰るぞ」

まぶしさに顔をしかめながら言うと、星子が弾《はじ》かれたように顔を上げた。「やだ！」と叫ぶ。

「行くもん！　てっぺんまで、行くんだもん」

無茶な要望を聞いた途端、苛立ちが頂点に達した。右手に収まった小さなサンダルを握り潰《つぶ》す。

——俺だって、あそこに行きたいのに。俺だって、てっぺんまでは行けないのに。サンダルを持った手を、思い切り振り上げた。赤くなった上、涙でずるずるに濡《ぬ》れた小さなほっぺたに向かって、振り下ろす——。

そこまでは憶《おぼ》えている。でも多分、俺は星子をひっぱたいたりしなかったはずだ。そんなことをすれば大事になる。夏休みで集合した親族を前に、いつもの倍の説教を食らったに違いない。しかしそんな記憶はない。あの後、俺は黙って星子と一緒に沢を下りたのだと思う。

何か、一点、鮮やかに赤いものを見るたびに、流れていったサンダルのことを思い出し、従妹に対する苛立ちが蘇《よみがえ》る。二十歳を過ぎた今になっても、だ。

それにしても、星子は最近よく赤いものを身につけている気がする。今日は、ピアスだ。ばかみたいに色を抜いた金髪のショートカットの両脇に、彼岸花のように派手な赤色のビーズが連なって垂れている。

「でね、アズマ君は結局男優になって——学祭のピンク映画も超話題になってさ。たかちゃんも見ればよかったのに。って、男子だから入りづらかったか。でもすごいよかったんだよ、肉体美ー、って感じで」

星子はぼろの学習机に付属した、ぼろの椅子から足を投げ出し、自分のつま先辺りを見ていた。ミニスカートからさらした足の先は、俺がパソコンのキーボードを打つ、畳の上の文机《ふづくえ》の、すぐ前まで届いている。

「みんなすごいよ、原田君も『メガネーズ』順調だしさ、あたしの周りって才能のある人が集まっちゃうんだよね、なんかね」

べらべらべらべら、俺に関係のない一方的なトークが続き、俺は星子に関係のない文章をパソコンに向かって一心に打っている。人の話に影響されずに文章を書けるというのは聖徳太子っぽくてナイスだが、単にこの従妹に邪魔されるうちにやむを得ず身に付いてしまった特技にすぎない。

「たかちゃん。聞いてんの？」

「聞いてるわけないだろ」と率直に答えると、星子は学習机に肘《ひじ》をついて「もうー」と頬を歪《ゆが》めた。ぶりっこ的な「プンプン」って感じじゃなく、心底だるそうに顔を崩している。つま先も、いつの間にやら外向きになっていた。こいつをかわいいとか言ってはやし立てる男どもに見せてやりたい。高校時代、目がデカいだけでアイドル扱いされていたそうだが、俺的にはNGだ。チワワみたいで気持ちが悪い。

「あーっ」

ためいきと雄叫《おたけ》びの中間のような声を上げて、星子が畳を蹴《け》った。椅子のキャスターがごろごろと回って、壁に向かっていく。ごん、と椅子の背が鈍い音を立ててぶつかると、壁から緑の砂がこぼれ落ちた。

「ひとんちの砂壁、削るなよな」

顔を上げて抗議したが、星子はふてくされた顔のまま愚痴を流し続ける。

「なんだかんだ言って、たかちゃんもゲンエキダイガクセー作家だしさ。あたしばっかり、なんもない」

「うるさい。原稿の邪魔」

さっぱりと切り捨ててみたものの、後から苛立ちが湧き上がってきた。なんでコイツの愚痴に付き合わなきゃいけないわけ？　俺、「明日までなんとかして」って言われた穴埋め原稿に必死なのよ？　穴埋めとは言え、誰でも知ってる週刊誌に載るのよ、このエッセイ。四百字だけど。

「いいよねえ、たかちゃんは。そうやって認められてさ。あたしなんかー」

とうとう指が止まってしまう。思考がまとまらない。

「ねえ、たかちゃん。あたし、花束になりたいんだよ。何かに向かって差し出されるさあ……」

――シラフで酔うなっつーの。

帰れ、と言えたらどんなにいいかと思う。しかしそれだけは言ってはいけない。諸事情で決まっているのだ。俺は星子を拒んではいけない、ということが。

でも俺は、あの夏の日と同じように、星子に苛々させられることばかりで、東京に来てこいつと接触するようになってから、心の晴れる瞬間がない。どうにかしてこいつを傷つけてやれないだろうか、と、何かにつけて考えてしまう。俺は星子が気に食わないのだ。子どもの頃から、ずっと。

「ねえ、たかちゃん。いい加減、新刊のタイトル教えてよ」

「ペンネーム知ってんだからググれ」

「えー……」

古いエアコンでぱりぱりに空気の乾いた六畳間の隅、星子は窓の外の光に小さく顔をしかめてから、ふっとまぶたを閉じた。こくん、と首を傾ける。うたたねをする気だろう。

俺はパソコンのディスプレイに視線を戻して、画面を見つめた。進まなくなったテキストのファイルを閉じ、そっとウェブブラウザを立ち上げる。ブックマークから、書評サイトにジャンプする。マウスを転がして、上から順に見ていく。たくさんの、「若手作家」たちの新刊書評が並んでいる。'83年生まれ、'84年生まれ、'89年生まれ——。

'85年生まれの俺の名前は、今日もそこにない。

冬は日が落ちるのが早く、気が付けば夕方だからぱっとしない。

一・二年で単位を取りまくった俺は、三年はだいぶ楽をしてすごしていたのだが、その「楽」がずるずると生活のリズムを崩した。一限の授業がないので、早起きができない。十時頃起き出して、走れば二限に出られると思っても、いっそ一コマくらい休んで昼から学校行くか、と思い直して二度寝してしまう。

結局昼前に起きて、食事しながらちょっとメールチェック……などとやっている間に時間は過ぎ、学校に行くのがおっくうになって、渡す当てもない原稿に取りかかっていたりする（もしくは、今日のような穴埋め原稿か）。それに加えて、星子がフラフラやってきて邪魔をするものだから、全てが中途半端になるのだ。

「おい、五限あるんだろ。出るぞ」

結局学習机の上に突っ伏して寝てしまった星子を、ほっぺたを軽く叩《たた》いて起こした。よだれを垂らしていたくせに、悪びれもせずに起き上がると、星子は半分寝た顔のままでコートを着た。一緒に部屋を出て、学校に向かう。俺も星子も、面白くない顔をして無言で歩いているのだが、はたからはカップルに見えたりするかもしれない。しかしまあ、そんなことはどうでもいい。交差点で信号を待ちながら、俺はさっきメールで送った原稿のことを考えている。もっと構成に工夫が欲しかっただろうか？　しかし四百字なんてシバリ、きつすぎる。こんな短い中でべらぼうに面白い原稿を書ける作家なんて居るのだろうか。いや、そういうふうに妥協を求めてしまう俺が結局悪いのか。だから売れないんだ、きっと。——目の前を横切る車と同じくらいのスピードで思考がとめどなく流れ、隣に従妹《いとこ》が立っていることを忘れる。信号が青に変わり、思い出して隣を見れば、従妹はもっとぼやけたまなざしで、向かいのビルのてっぺん辺りを眺めていたりする。

「おい。青」

「あ、うん」

短い応答のあと、また無言に戻って、横断歩道を渡っていく。夕暮れで、右手の空が薄赤く染まり、そちらに立った背の高いビルから投げかけられた影が、すっぽりと道を覆っていた。影の中、星子が二歩ほど先を行く。小さい背中を見ていると、一昨年《おとと し》の葬式の光景が否応《いやおう》なしに目に浮かんだ。ちょうど今くらい——冬の入り口の季節で、十八にして喪主を負わされた星子は、会場になった古い町内会館の前で首を傾けて立っていた。俺は、その年の春、九州からわざわざ東京の大学に入ったにもかかわらず、一度も東京に住む従妹の家を訪ねたことがなかった。だから、星子の家が葬式も出せないような狭くて古いアパートだということも、そこの町内全体が、崩れ落ちそうな木造家屋がもたれあってできていることも、もちろん知らなかった。

吹き抜けていく風が、まだ黒くてまっすぐだった星子の髪をさらい、あっけない背中を際立たせた。

「星子」

呼びかけた。しょうがなかった。飲酒運転の事故で両親をキレイさっぱり持っていかれ(ちなみに飲酒していたのは相手ではなく、星子の父親のほうだったから、保険金が入るどころか逆に金を払わねばならなかった)、家もなく、ひとりきりになった従妹は、苛《いら》つこうがなんだろうが無視できない存在になっていたのだ。

星子は振り返って、「たかちゃん」と言うと、泣かずに笑った。それはもうきれいなスマイルで、俺はいつもとは別種の苛立ちをおぼえた。

それからしばらく、星子は近くの親戚《しんせき》の家に居たが、俺と同じ大学を受験して、傍のアパートに引っ越して来た。ひとり暮らしを望んだ彼女に、ささやかなお守り役として俺が割り当てられたのだった。

色々あって今に至る……わけだが、色恋沙汰《ざた》のようなものは全くない。星子は面倒ごとや愚痴をすべて俺に押しつけ、悪い意味ですっかり妹のようになってしまった。この遠慮のなさは異常だ、と思うが、何しろ傍に居てもっとも血縁の濃い人間なのだからしょうがない。

「じゃあね」

北門から本部キャンパスに入り、ある校舎の前まで来ると星子が言った。お互い様だが、別れ方もいちいちそっけない。俺は黙って軽く手を上げると、まっすぐにキャンパスを突っ切っていく。文学部のキャンパスまではこの近道を抜けて五分程度だ。

「さっき、本キャンで美少女と並んで歩いてなかった？」

講義室の席につくなり、後ろからシャーペンでつつかれた。

「俺、彼女んちあっち方向なんだよね。見たぞー？」

いつもこの授業で一緒になる角田が、鼻息荒く身を乗り出している。俺は「従妹」と簡潔に答える。

「へえ、そう……って納得するわけないでしょ！　見え見えの嘘つかないで！」

角田は何故か突然オカマ口調になると、ブウと頰を膨らました。ガタイのいい体育会系男子にこれをやられると、芯《しん》からキモい。とりあえず流して返事をすることにする。

「いやマジで。俺が佐賀で向こう東京だから、そんなに一緒に居たわけじゃない。従って仲良くない」

「はあん」

まだ信用できないという態度でいる角田。「お前彼女居るんだろ？」と問うと、「Ah, ha?」と肩をすくめられた。

「それは別デスネー」

「何人だよ」

そこまで言ったところで、ガタン、という音とともに隣の椅子に人が座った。何となく、息を止めてしまう。

ホール状になった、文学部で一番広い講義室の中は、ざわめきで満ちてきていた。五限は昼間部と夜間部にまたがり、人口が多い（角田も夜間だから、この授業以外では会わない）。授業前にばたばたと入ってくる学生の中には、スーツ姿がちらほら交じっている。ただし、まだ四時半だから社会人学生ではない。着こなせていない新品のスーツ、あれは就職活動帰りの三年生だ。

俺の隣にカバンを置いたのも、真っ白いシャツを中に着込んだ就活スタイルの男子だった。髪は短く切って、不自然な黒色にしている。脱色していたのを染め直したんだろう。

席に着いてひと息ついたのもつかの間、カバンから本を引っぱり出して広げた。「ここだけおさえろ！　時事用語２００８」。

　角田との会話に、妙な間が生じている。視線を追うと、角田も後ろから、スーツ男の本をチラ見していた。

「……三島君てさ、三年だよね？」

　おもむろに言われる。

「含んでるよね、その言い方」

　俺が返すと、「まあね」と角田が言った。

「まあ、俺もドロップアウト組だから、アドヴァ〜イス、とかできるわけじゃないしね」

　就職活動。それは、ほとんどの文学部生にとって鬼門だ。自分は何者かになれる、と信じてここへやってきた学生が、作家にも映画評論家にもお笑い芸人にもなれぬまま過ごし、気付いた時には就活スーツ姿の同学年生に周りを囲まれている、というのがお決まりのパターン。いつかは開くと思っていた自分の羽が、まるで生えてこないことを悟っても、慌てててスーツ姿に転身するのは少数で、だいたいの学生は「いや、『いつか』はこれからなんだ」となお粘る。粘ったまま、新卒採用のチャンスをまんまと逃す。

　うちの学部の「就職率」は公称九割だが、それは就職活動を実際に行った人数を分母として計算したものだ。全三年生を分母とした場合、「就職率」は余裕で五割を切るだろう。現に、目の前の角田も、就職活動をしなかったクチだ。四年生で、しかも一浪だから、俺よりふたつ上なのに、生まれてこの方スーツというものを着たことがないらしい。

「なんかねえ」

角田の口から、おもむろにため息が漏れる。こいつがため息をつくのは珍しい。「何」と訊《き》き返してやると、角田は左耳の穴を太い指でぐりぐりとほじりながら言った。

「俺、就活しないのがかっこいいと思ってたんだけど、今、三年のスーツ姿見ると凹《へこ》むわあ」

「そうだろうな」

素直にうなずいてしまう。角田は将来の夢をおおっぴらに語ったりしないけれど、お笑いが好きで、そちらの道に進みたがっているのがうっすらとわかる。けれど、お笑いの道に、これからどうやって進むというんだろう。

俺の視線に含まれる哀れみ分子を悟ったのか、角田は「俺が就活のチャンスを逃したのは、カブトムシの幼虫に夢中になっていたからであって、他の理由からではない」とボケた。「こーろころ、こーろころ！」と手のひらの上で幼虫をかわいがるジェスチャーをする。俺が反応を返さずにいると、ふと真顔に戻って問うた。

「三島君て、なんかなりたいもんあるの」

「いや」

何か考える前に、否定の言葉が口をついて出た。それを耳から聞いた途端、何故だかかっと顔が熱くなった。

同時に、プツン、とマイクの入る音がした。振り返ると、だだっぴろい教壇に、講師が立ってマイクテストをしている。

「あ、あー。五限、心理学概論です。関係のない人は出ていって下さい――」

ざわめきは一瞬ふくれあがって、急速にしぼむ。隣の男は、時事用語の本から目を離そうとしない。


一枚の写真がある。金屏風《びょうぶ》の前に、十九の俺がスーツ姿で立っている写真だ。周りを取り囲む大人たちは皆、俺よりひとまわりからふたまわり上で、照明が明るすぎるのか、テカテカとほっぺたを光らせている。その中でも真ん中に立った俺は、ひときわ脂ぎって、普段はこけてしか見えない頬を揚げたタコヤキのようにして笑っている。スーツはだぶついていて、シルエットが垢抜《あかぬ》けない。「上司の結婚式に招かれた町役場の新顔」という風情になっている。

そうでないとわかるのは、俺の胸に、白い造花をあしらった派手な名札がくっついているからだ。「生島タカオ」と、本来のものでない名前が太い字で書かれている。初めて人前で名乗る、筆名だった。

「やっぱりねえ、二次選考で読んだ時、なんか違うと思ったんだよね」

担当になる編集者は言った。「才能だよ、才能」と。

それだけでもじゅうぶんだったのに、授賞式では、佐賀の人間でも知っているような大手の出版社の名前を記した名刺を次々と手渡され、知らない大人たちに囲まれた。家族と教師以外の大人とはろくろく話をしたことがなかった俺は、すっかりその気になってしまった。写真を撮った時、スーツのポケットの中には既に名刺の束ができていた。

がんばろう、と思った。「その気」にはなっても「いい気」にはならないように、また、これからどんなことがあっても、くじけずにちゃんとやっていこうと——新人賞の授賞式にしてはできすぎた感想かもしれないけれど、確かに俺は思ったのだ。

胸の中に、大きな花束がある気がした。俺が努力し、育ってゆくほどに、花束はどんどんんふくらんで、大輪の百合《ゆり》や薔薇《ばら》、ダリア、チューリップにグラジオラス、なんでもありの、色とりどりのものになる。両手で抱えきれなくなったそれを手放す時、皆が喝采《かっさい》をあげる。いつか——いつか。

写真の中の俺は、よく見るとぴょっと手首を反らして、ペンギンのようなポーズになっている。あれは、想像の中で、花束を抱えているからだ。

しかし花束は育たない。一冊目の本が出た時、俺は世間の無反応に心底おののいた。大手の出版社の新人賞を受賞したから、本はそれなりに出回り、近所の書店でもきちんと平積みにしてくれた。それなのに、本の高さはいっこうに減らないのだ。別の本を買いに書店に行くと、どうしても目を走らせてしまう。俺の本は、背ばかり高くて花をつけない雑草のように、周りの平積みから頭ひとつぶん飛び出ていた。

学校の友だちにすら黙っていたのに、星子はうちの親経由でデビューの話を聞きつけ、わざわざ電話してきた。

「なあに、たかちゃん作家だって？　すごいねえ」

と鼻息荒く切り出され、「ペンネームは言わないからな」と断ったものの、彼女はもう俺の筆名を知っており、「生島さん」と呼びかけて笑った。電話口で、作家先生だの新作はいつだのさんざん茶化したあげく、「ちなみに、本買うお金はないから」と言って電話を切られた。最悪、とつぶやいてしまったが、すぐ傍に居る従妹《いとこ》に自分の書いた小説を読まれないことに、多少安心は感じたかもしれない。

結局、デビュー作はある有名なアマチュア書評サイトで「筆力、構成力、ともに他の八十年代生まれと比べても大きく劣る。出版業界は、『若手作家』を量産するのもたいがいにして欲しい」とコメントされただけにとどまり、初版の八千部は見事に売れ残った。近所の書店の平積みを見た限りでも立ちくらみがしたから、出版社の倉庫の返本を見たら生きてはいられなかっただろう。どうしても歴史上の作家を連想させる「三島」という本名を名乗らなかったこと、それから、学校で受賞を言いふらさなかったことだけは、自分の賢明さに思えた。

しかし、時間はまだある。就職活動が始まるまで、ふんばったって悪くはない。そう考えて、ぽつぽつ入り始めた小説誌の原稿依頼は受けた。二冊目の出版までこぎつけはした。が、一冊目以下の売れ行きだった。「新人賞の受賞作って、ある程度売れるから刷るんだけどね、二冊目はそうも行かなくて」と担当の編集者はフォローした。

いっぽうで、同年代の作家は次々と生まれ、脚光を浴びていく。男よりは女が多く、メディアは若い女性作家の姿で賑《にぎ》わった。若い娘がやたらともてはやされることに不快感を表明する作家や読者もいたけれど、そのざわめきまで含めて、彼女らの抱える花束の一部であるように、俺には思えた。

「女装でもしますかねえ。『生島タカコ』で出しちゃいましょうか次」

三作目の打ち合わせの席で、百パーセント冗談のつもりで言ったら、編集者に真顔で答えられた。

「うーん、それより、もうちょっとパッとした小説書く方がいいと思いますよ。時代に即した」

ちなみに俺のデビュー作は炭坑小説で、時代に即してないしパッとしてもいない。

家に帰ると、出る時確認しそこねたポストに、封筒が入っているのに気付いた。封筒には、出版社の名前がプリントされている。

部屋に戻って、コートのまま文机《ふづくえ》の前に座り、封筒を開ける。印刷の手配書だ。来月出る新刊の部数が決まったらしい。心の準備もできないまま視線を走らせると、「3500」という数字が目に飛び込んできた。

ごくん、と自分の喉《のど》が鳴る音を聞いた。その後には何も続かない。アパートはボロいくせに静かで、誰の生活音もしなかった。ラジオの砂嵐のような音が、耳の奥で低く流れる。

三千五百――咀嚼《そしゃく》するように口に出さず繰り返してから、その数字を具体的に思った。

高校の体育館なら三コぶんである。

閉じたノートパソコンの上に紙切れを置くと、俺はすっくと立ち上がった。

――就職しよう。

だってバカだ。五千部刷ってもらう実力すらないくせに、いつか世間に花束を捧《ささ》げることができると信じてるなんて。

俺は下ろしたトートバッグを探って携帯を取り出すと、角田にメールを打った。

〝就活スーツってどこで買うん？〟

週明け、俺は紳士服量販店の前で角田と待ち合わせた。小雨がぱらついていた。

〝まかせろ！　……俺の彼女に〟と返信をくれた角田は、背が高くて肩幅の広い女子を連れていた。文学部では珍しい、就職が決まった四年生である彼女は、俺を見ると「どうも、小林です」と一礼した。歩きながら眠りそうなくらいぼんやりした顔つきとは裏腹に、小林さんはちゃっちゃとスーツを選んでくれた。

「メーカーと銀行は清潔感第一で、白シャツが無難なんだよねー。じゃなかったら一枚くらい色のついたの買ってもいいと思うけど。志望の業界は？」

まだわからない、と言うのが恥ずかしくて、「メーカー……ではないと思う」と答えた。

本当は、色のついたシャツを着てみたかっただけだ。角田はそれを見抜いてか見抜かずか、終始にやにやしていた。

カバンと靴も同時に揃えたので、最終的に俺は「バーゲンで奮闘したおばちゃん」の如く両手に紙袋を抱えることになった。店員が袋の上から雨除《あまよ》け用のビニールをかぶせてくれたものの、傘を持つと荷物は不安定で、今にも濡《ぬ》れて染みができそうだった。

三人でキャンパスに向かって歩く。角田と小林さんは六限から授業、俺は四限を終えてあとは帰るだけだ。傘がぶつかるのであまり近づけず、わいわい話せる感じではない。妙な距離を感じながらも、俺は小林さんに尋ねた。

「就活で大変だったことって何ですか？」

彼女は首を傾げて「うーん」とうなってから、チェックの傘の柄を確かめるように、自分の真上に目をこらして、ぼそりと言った。

「内定もらってからかな。私これでいいのか？　って思う」

視線を動かした小林さんと、傘の下で目が合う。

「……って、不吉な予言だね、これじゃあ。ごめん。でも、あれだ、頑張ってる間は意外と楽だよ」

それって励ましになっているんだろうか、と思ったところで、手前の信号が青に変わった。角田が「おっ、走るぞ」と言って彼女の手を引く。横断歩道の向こうが文学部だ。俺の家は別方向なので、あまり上がらない手を振ってうやむやに別れた。

意外に重い紙袋は、取っ手を手のひらに食い込ませる。ふう、と息を吐くと白いもやが目の前に広がった。雨のせいか、外気がいつもよりさらに冷たい。

曲がりくねる道を経て、途中から本部キャンパスに入る。毎日のように歩くアパートへの近道は、妙に閑散として見えた。

路《みち》にぽつぽつと散らばる傘の下に、俺はいつの間にか星子の顔をさがしていた。あいつ、どんな傘さしてたっけ。思い出せない。普通のビニール傘だったんだろうか。

想像する。あの角を曲がってきて、俺に気付く星子を。何気なく手を振って、でも、この不自然な大きさの紙袋にすぐに目を留めるだろう。紳士服量販店のロゴを見て、星子はなんと言うだろう。デビューの知らせを確認した時みたいに、茶化しにかかる気がする。でも、俺が本気なのがわかると、不満気な顔をするんじゃないだろうか。

——小説、やめちゃうの？　その程度だったの、たかちゃんは？

わざわざそう訊《き》いて欲しい気持ちがあるのに気が付いた。そうだよ、俺はその程度だったのよ、と思い切り鼻で笑ってやりたい。星子も十九の自分もひっくるめて。

まずは、地下鉄の駅にポスターを貼り出しているような大きな就職情報サイトに登録をした。企業の情報があるだけでなく、ご丁寧に、就活とはなんぞや、何から始めれば良いのか、というコラムまで用意してある。片っ端から目を通した。

一方で、大学の就職課が主催する行事にも積極的に参加した。大学の講堂では、日替わりのようにさまざまな会社の人事担当者が説明会を行っている。あまり興味がない会社でも、暇があれば覗《のぞ》いてみたりした。これが結構、面白い。

「みなさん、今から、三十秒以内に、『鈴木』という苗字《みょうじ》の有名人をなるべく多く挙げて下さい。はい、スタート」

ステージの上で担当者が言う。講堂内が一気にざわつく。

「まずはイチローだべ？」

「ムネオムネオ」

「首相で鈴木って居たよな……下の名前なんだっけ？」

友人と並んで座っている連中が、肘《ひじ》をつつきあっている。俺は配られた会社資料の隅に、ペンを走らせる。意外と出てこない。居そうで居ないじゃん鈴木！　と思った時にはもう時間切れだった。「はい、三十秒です」と担当者が告げると、不満気なため息がそこらじゅうで漏れた。

「難しかったですか？　でも、我が社に入る人間であれば、十五人くらいは挙げて欲しいところです」

今度ははっきり、「ええ～」とブーイングが上がる。しかしどこか苦笑混じりだ。

「鈴木京香、鈴木善幸、鈴木雅之、鈴木その子……」

完敗。俺が書いた名前は、たったの五つだった。

「出版社に勤めるからには、世の中のことに対して常にアンテナを張っていなければなりません」
　引き続き、人事担当者が熱く語り出す。俺は素直に、すごいな、と思う。企業の人事担当
　壇上に現れる人たちは、皆、学生を惹《ひ》き付けるだけの力を持っていた。
者だけではなく、内定を得た四年生や、就職して働いている卒業生も。
「一年目は右も左もわからず、お客様や先輩たちに迷惑をかけ通しでしたが、私はこの会
社に入って本当に良かったと思っています」
「小さい頃から福祉関係の仕事に関わりたいと思っていました。九歳の時に祖母が脳溢血《のういっけつ》
で半身麻痺《まひ》になり……」
「学生の頃は、商社なんて何をやってるかわからないところに入りたくないと思ってた。
『サザエさん』のマスオさんが勤めてる『海山商事』もよくわかんないしね（笑）、でも、
これが案外面白い仕事で――」
　どれもありきたりな体験談だったかもしれない。けれども、堂々と話をする人たちの顔
を見ていると、社会人というものがうらやましくなってくる。歯車として、いや、ネジ一
本としてでもいい、世の中に関わっていけたら、さぞかし充実感が得られることだろう。
　――作家なんて、作品が読まれなきゃ居ないのと同じだしな。
　日が短くなる中で、俺は冬眠前のリスのごとく活発に動き回った。就職課の資料室で行
われるミニセミナーに出たり、就職試験用の問題集を買い集めたり、床屋に行って「就活
頭にして下さい」と注文した挙句「今のままでじゅうぶん地味……いえ、清潔感があると

思いますが」と言われたりした。

十二月に入る前に、学校の傍の写真館で就活用の写真を撮った。派手に焚《た》かれたフラッシュが目の奥を刺して、何かを思い出しそうだ、と思ったけれど、よくわからなかった。撮ったものはその場でパソコンに転送され、店主が見せてくれる。生真面目というよりは不機嫌な顔をした自分が写っていた。

「このニキビは消しておくよ」

右頬に昨日できた赤ニキビをポインタで指して、店主が言った。そんなものか、と俺は思う。


もう何度目かわからない企業説明会が終わり、講堂を出たところで星子に会った。会った、というより、見つけてしまった、と言うのが妥当だった。広場の隅の木の下、花壇のブロックに腰かけて、じっとしている。横顔が動かないので、何かを見ているのだな、と視線を追うと、路をはさんだところで、デカい女が手を振り回していた。

「アズマ、もーちょい右っ」

声もデカい。講堂から出てきた人間でざわついているにもかかわらず、ここまで届く。女は、振り回していない方の手にカメラを持っていた。映画の撮影をしているらしい。ただ、授業と授業の間で通行人が多く、役者がどこに居るのか俺にはわからなかった。

「何見てんの」

歩いていって、後ろから声をかけると、星子は過剰に肩を跳ねさせた。けれども、俺の姿を見て取ると、「ああ、たかちゃんか」と気の抜けた声で言った。

「何見てんの」

カメラを持った女に視線をやりながらもう一度訊くと、星子は「別に」とつぶやいて、膝《ひざ》の上に置いた手をいじった。暮れていく日を背に、カメラ女が「やっぱ左ィ」と手を上げる。

講堂から吐き出された三年生が、どうどうと流れてキャンパスに散っていく。長く伸びた影が踏まれ合う。星子の大きな目は、夕陽を映して光っていた。夜の川に呑《の》まれていく灯籠《とうろう》の火のようだった。

俺はようやく、さっき耳にした「アズマ」という名前が、星子の男友だちの名であることを思い出す。学祭の映画で主演をはったとかいうアレだ。しかし、星子が見ているのは役者ではなく女監督のほうだから、アズマ個人でなく、「映画」というものに執着しているのだろう。

——かわいそうな奴。

夏まで入っていたのはお笑いのファンサークルだし、マンガを読めば「マンガ家ってどうやってなんのかな？」と言い出すし、星子の憧《あこが》れは漠然としすぎて定まらない。今までも中途半端に終わったことがあるのに、なんだか華やかそうなものに目を向ける。最初は好奇心旺盛《おうせい》な人なのだな、と良い方に取ったが、二年近く傍に居るとさすがに疑いたくなる。こいつは、何かが好きなわけじゃなく、何かに夢見る状態が好きなだけなんじゃないか？　と。

映画が好き、などというのは今まで一度も聞いたことがない。たまにテレビのロードショーをつけっぱなしにしていると、わざわざ「つまんないから、チャンネル変えてよ」と言うくらいなので、深い興味はないはずだ。

離れたところから眺めることしかできない星子が哀れに思えた。哀れみは同情に変わることなく、ただ純粋に哀れみのままだ。

黙って横に突っ立っていると、星子はようやく俺に注意を向けた。講堂の入り口にある看板と、俺の手にした会社の資料とを交互に見る。

「たかちゃん……就活？」

目を丸くして尋ねてくる。胸の中の風船に空気を吹き入れられたような感じがした。俺は鼻の下を掻《か》いて「ああ」と返事をする。

「うっそ、何で！　小説は？」

星子があまりに望み通りの反応をするので、笑いが漏れそうになった。あ、今、俺、ヤな奴、と気付きながらも、どこか愉快になる気持ちを抑えきれない。

「やめるよ。あんなの、選ばれた一握りの人間の仕事だろ。俺みたいな売れない奴が続けたって仕方ない」

ひと息に告げると、星子の眉根《まゆね》が小さくかげった。

——止めるか、馬鹿にするか。どっちだ？

コートのポケットに入れた左手を握って構えたが、星子の返事は「あ、そう」というそれだけだった。俺から顔を背けるようにして、再び撮影現場に視線を投げる。

拍子抜けしたのと、まだ言いたいことを全て言えていない消化不良とで、胸の筋がぴくんと動いた。なんか、むかつく。「なんか、むかつく」なんてのは作家として最低の言い回しだが、もうそんなことは考えなくても良いはずだ。

「星子」

苛立《いらだ》ちが勝手に俺の口を開かせた。が、後が続かない。

お前も諦《あきら》めろとか身の程を知れとか、直接的な言葉はいくらでも出てくるものの、綺麗《きれい》な捨て台詞《ぜりふ》になってくれない。「アレだ、お前」まで言っても口ごもるはめになる。

「『お前』何よ」

「別に」

「あ、そう」

星子は、眉根をいっそう強く寄せた。怒っているようにも、何かを我慢しているようにも見えた。

少しの間を置いて、立ち上がる。スカートの尻《しり》を軽く払うと、こちらを見もせずに、「じゃ」と言って路《みち》に飛び出していった。横断して、人混みに割って入っていく。

「アズマ君！」

呑まれそうな小さな声が聞こえた。いつの間にか、カメラ女は隅によけて、メガネの男と話をしていた。あの男が「アズマ」なのだろう。星子の金色の頭が、男の前にたどり着くところまで見届けて、目を逸《そ》らした。

――くだらねー。

手からずり落ちそうになっている資料を抱え直してから、一歩踏み出す。講堂前の広場からは人がはけ始め、北風がもろに吹きつけた。靴のつま先を撫《な》でるように、銀杏《いちょう》の葉が地面を滑っていく。色褪《いろあ》せた葉の表面に、葉脈がひからびて浮き出ている。

星子が二度目の一年生をやっているのは、「留年」ではない。

去年は夜間の文学部に居た。なのに、わざわざ一般受験生と一緒に受け直しをして法学部に入ったのだ。

「なんか、今の学部違うと思うのね、あたし」

なまじ成績が良かったから、そんなことを言い出したんだと思う。経済的な理由で夜間に入るしかなかった、でも自分はもうちょっと頑張れるはずだ。バイトを夜にすれば、昼の学部に通える。星子はそう言って俺に相談を持ちかけてきた。転部する方法がないのか、調べて回ったのは俺。結局一般受験をするしかないとわかって、受験勉強の面倒を見たのも俺。大学に入ってしばらくは顔も見せなかったのに、星子は突然、たかちゃんたかちゃんとまとわりついてきた。こういう局面で頼れるタイプの友人が他にいなかったのだろう。

それでも晴れて補欠合格した時は、一緒に喜んだ。

しかし、新学期が始まって間もなくぼろが出た。授業のレベルが違う。バイトをしながらでは追いつかない。自分は必死になって働いているのに、周りの女の子たちは親の金でめいっぱいのおしゃれをしている。なおかつ語学の授業では英語ぺらぺら、聞けば「資格とかはないけど、小学校から英会話やってて」と来る。——本当に夜間と昼間でそれくらいの差があるのか知らないが（俺は角田と自分に差を感じないし）、星子の言い分はそうだった。

「昼の子たちは最初っから恵まれてるんだよ。お金も頭も。あたしみたいのが途中から入ったって、無駄だったんだ」

前期の試験が散々な出来だったらしく、夏頃、星子はノイローゼのようになっていた。クーラーもない部屋に引きこもり、出てこない。心配したクラスの友だちから親戚《しんせき》の家に連絡が行き、それが俺のところに回ってきた。アパートを訪ねると顔を出すが、部屋からは出てこない。しょうがなく、コンビニの食料をぶら下げて星子のアパートに通った。黒くて長かった髪を、ばっさりとショートにして金に染めたのもこの夏休みのことだ。

口を開けば「なんであたしばっかり」。俺に「いいよね、たかちゃんは」と絡んでくることも多い。自分で立ち上げたサークルは、メール一通で他人に部長を譲ってほっぽりだし、春に居たはずの「彼氏」の話題が、まったく口にのぼらない。

要するに星子は失敗したのだった。いや、受験のし直しは失敗ではなかっただろう。たとえ夜間に居残っても、それはそれで不満が残ったはずだ。「あたしはもっと行けるはず」と思ったことが、彼女の失敗だったのだ。

試験の結果が出て、前期の時点で留年が決まった。そうなると星子はケロリと顔色を変え、また出歩くようになった。多分、単位に関しての諦めがついたからだと思う。授業は出たり出なかったりのようで、学校には遊びに行っているようだった。

あれだけグチャグチャな夏休みをはさんだにもかかわらず、学校では星子の体裁が守られていた。たまにキャンパスで人と居るところを見かけると、必ず声を立てて笑っていた。星子の笑い声は、甲高く、耳に痛く、サイレンのようだった。

あたしを見て。見て。見て。


「たかちゃん、あたしがポルノ映画に出たら、見たい？」

「死んでも見ねえ」

「監督に、声かけられちゃった。かわいいね、女優やんない？　って」

「他に脱ぐ奴居ないだけだろ」

「前の映画は、女優も監督が兼ねてたんだよ。あれはあれで面白かったし、キレイだったけど、監督、骨太だからねえ。……って自分で言ってた」

「あ、そう」

「あたし、付き合った人みんなに、お尻小さくてかわいいねって言われたよー」

「たかちゃんってさー、女の人のハダカ見たことある？」

「あ、そう」

「超ある」

雨が降っているみたいだ。夜で、カーテンを閉めているので、窓の外はわからない。ただ、そういう気配がする。

星子は定位置のぼろ椅子から足をぶらさげている。学習机の上に、カップラーメンのスープが残って、化学調味料の臭いを発している。俺は文机《ふづくえ》のパソコンに向かい、就活サイトのメールボックスに来た企業からのお誘いをクリックしまくる。

「たかちゃん。昔一緒にお風呂《ふろ》入ったね。たかちゃんは盲腸の傷があるんだよね」

返事をするタイミングを逃す。カチ、というマウスの音が妙に部屋に響く。

「川で、怖くて岩の上から動けなくなったことあったね」

カチ。

「ねえ、今日お風呂借りてもいい？」

俺はこぶしで思い切り文机を叩《たた》いた。机の上にあった筆記具とコップがぶつかり、がしゃん、と大きな音が出た。思ったより派手な音だったが、気にしないで星子をにらみつける。

「帰れ」

星子は机の上からこちらを見下ろすと、勢いをつけて立ち上がった。反動で、椅子のキャスターが動く。畳がみしみしと鳴るのが聞こえた。星子はカップ麺《めん》のカラを持って文机の横を大股《おおまた》で通り過ぎると、空いた手でベッドの上のコートをひっつかんだ。

それから、押し入れの前にぶらさがったスーツを一瞥《いちべつ》して言った。

「たかちゃん、このスーツすごく似合いそうだよ。地味で。一生これ着て会社の奴隷やってればいいよ」

子どもじみた捨て台詞。俺は呆《あき》れて物を言う事もできないが、星子は決まったと思ったらしく、顔を歪《ゆが》めて笑うと、キッチンに続くふすまを後ろ手でぴしゃんと閉めた。


四限の授業を終えてから、しばらく生協の書店で就活用の問題集を見てまわり、外に出ると、見慣れた顔が目に留まった。ダンス部の連中がラジカセをかしゃかしゃ鳴らして練習している広場の隅。夏はいつも人が座っているテーブルセットに、角田がひとりで座っている。

俺が声をかける前に、角田が「おー!」と手を振った。ぼんやりしてはいないみたいだった。

「寒くないの、お前」

歩いていって声をかけると、「寒い。毛糸の帽子を編んで欲しい」と言われた。「自分で編めよ」と言って向かいの椅子に座る。安くさいプラスチックの椅子は、外気にさらされっぱなしで冷たかった。こいつこんなところで何してるんだ、と思ったら、先手を打たれた。

『童貞メガネーズ』のライブがあるんだよ。五時から」

フザけた名前だが、学内で人気のお笑い三人組である、ということくらいは俺も知っている。星子が主宰したサークルは、「童貞メガネーズ」のファンクラブだった。今はもう関係ないわけだが。

「角田ってファンクラブ入ってるの？」

一応訊《き》いてみると、「なんでそんなこと訊くの？」と逆に問われた。「いや、熱心なファンのようだから」とお茶を濁しておく。

「熱心なファンだから入ってないんだよ。サークルは女子ばっかだし、『童貞メガネーズファンクラブに入ってます』って言いたいだけの奴が多い感じする」

——星子が聞いたら卒倒するな。図星過ぎて。

苦笑を抑えて頬杖《ほおづえ》をついたところで、角田がぱっと顔色を変えた。

「来たっ」

視線を追って振り返ると、男三人組が広場に入ってきたところだった。俺はそいつらのネーミングから何からすべてが気に食わない、たまにライブの人垣ができているのを見ても前を通り過ぎるだけなので、顔を見るのは初めてだった。

「ひとり、メガネかけてない人居るけど」

素直に疑問を呈すると、「それが『メガネーズ』なとこがいいんだろ？」と一蹴《いっしゅう》されてしまった（果たしてそうだろうか？）。

手を振ったり変な声をかけたり、角田は何らかの接触をするだろうと思ったのに、近付いてくる三人組に、何のアクションも起こさない。すぐ傍にある銀杏《いちょう》のたもとで、三人が立ち止まり、話を始めても、黙って椅子に座っているだけだ。もう、「メガネーズ」の方を見もしない。

「……声かけないの？」

ちなみに今の時刻は、四時四十分である。二十分も前にライブ会場に来ているのだから、当然顔見知りくらいの関係ではあると思ったが。

角田は無言で乙女のように首を振った。

「いやあ、俺なんか」

あまりの意外さに言葉を失う。角田が、こんなに謙虚になっているところは初めて見た。

「俺なんか」などという台詞《せりふ》は、八十年生きてもこいつの口からは出ないと思っていた。

「なんだろう……実際に動いた人って、やっぱり違うと思うんだよ。お笑いのライブって、思いつけば誰でもキャンパスでできるだろ？　ピンでもなんでも」

角田はうつむいて、俺の置いた生協の袋を透かすように、じっとテーブルの一点を見つめていた。

「でも俺は、何もしなかったからさ。あの人たち、俺と同じ夜間の四年なんだ。で、三年の終わりからコレ始めて、こうなったんだよ」

「メガネーズ」の三人は、ただの冴《さ》えない学生にしか見えない。しゃくれと、デブと、若ハゲだ。三人で何やらぼそぼそ言い合っているが、打ち合わせらしき活気はまるでない。

「知らない人を笑わせるって、スゲー難しいと思うんだよね。十人居て九人笑わないと思うんだよ。たぶん。まったくの、知らない人であれば。それが怖くてできないんだと思う……俺はね。でも、九人に無視されても、この人らは続けたんだなって」

角田がそこまで喋《しゃべ》ったところで、三人のうちの、若ハゲ＝メガネをかけていない男が、こちらを振り返った。もろに視線がかち合い、向こうが先に目を逸《そ》らした。空へ。つられて上を見ると、葉のない銀杏の枝越しに、ほとんど日の暮れた空が広がっていた。小さなつぶやきが聞こえる。

「あ、星」

夢を見た。断片しか憶《おぼ》えていない。最初から断片だったかもしれない。

「僕は佐賀の田舎で生まれて、町は裕福でなかったし、図書館も本屋もなかった」

「本の中の人たちは、みんな勉強ができて、なんでもわかってるふうだけど――僕らはそういう人たちと違うと思った」

「わからないまま生きてく、ってことのほうがリアルで、そういうところを、炭坑小説に反映させました」

マイクに向かって、べらべらと喋っている俺が、背中から見える。ということは、見ている俺は「俺」ではない。きっと、あの金屏風《びょうぶ》なのだ。

だぶついたスーツを着た俺は、中途半端に手を上げたり下げたりしながら、話している。

「筑豊《ちくほう》は、祖父が居たところで——」

「労働者階級、という言葉は死語だけれど、僕はそういう場所で——」

「たとえ文学という呼び名が与えられなくてもいい、新しい小説を——」

止めればいいのに、俺は黙ってその若造の大仰な演説を聴いている。なにしろ屏風だから手が出せないのだ。

それにしても、前が見えない。あの時、「俺」には輝かんばかりのものが何か見えていたはずなのに。いったい何が輝いていたんだろう、出版社が借り切った宴会場のシャンデリアか、バイキングのテーブルに載ったトングか、見知らぬ大人たちの顔か。

まっくらだ。塗りつぶしたみたいに、演説する背中の向こうには何もない。

「俺」が可哀想になってくる。不思議と苛立《いらだ》ちはしない。楽にしてやりたい、と思う。可哀想な俺をただ楽にしてやりたい。

出なかったはずの手が、にゅっと目の前に現れた。俺はその手を、田舎臭く刈り上げた襟足に向かって伸ばす——。

寝汗がひどかった。シャワーを浴びてから着替えないと、スーツが台無しになりそうだった。

初めて、学外の説明会に出席する日だった。新規採用がべらぼうに多い、ネットワークの会社。入る気はなく、ただ日程が早かったので、説明会というのはどんなもんかと覗《のぞ》きにいくために参加したのだったが、同じ意図か、はたまた人気のあらわれなのか、会場の椅子はほとんど埋まっていた。

ホールに詰め込まれた学生たち。自分も「学生たち」のひとりなのに、何故か全員の背中を後ろから見ているような気がした。今朝の夢のせいかもしれない。グレーと黒の背中が、まだら模様をつくって並んでいる。

学校の行事ではスルスルと頭に入ってきていた大人の言葉が、うまく消化できなかった。意味はわかるし、意図もわかるのだが、どうしてもひっかかる。

「これからは、通信の時代です。大容量の情報がやり取りされる世界で、それをいかにコントロールするか考える。それが私たちの仕事です」

三十を少し過ぎたくらいの、すらりとした女性が、マイクに向かって熱く語っている。

「見方を変えれば、東京に居ながらにして世界を股にかけた仕事とも言えますよね」

「いつでも、私たちの工夫が未来を切り拓《ひら》いていく」

「非常にやりがいのある仕事だと思っています」

どこかで聞いたような台詞だ。他の企業の説明会？　いや、それだけじゃない。

――俺か？

そこに気付くと寒気がした。いや、マイクの前で社員が言っていることは、彼女にとっては単なる事実かもしれない。けれど、彼女が学生たちに見せようとするビジョンと、十九の俺が新人賞を獲《と》った時にばくぜんと目の前に描いたビジョンには、大差がないはずだ。まだ折り取られない望みはいつだって美しい。それだけのことじゃないか。

ここで――「就活」で自分に新しい価値をくっつけようともがいたって、ただ同じ道をたどるだけだ。おそらくは。

アパートに帰ると、星子がドアの前にうずくまっていた。

「どこ行ってたの、寒かったじゃん」

顔を見るなり文句をたれてくる。俺が黙って鍵《かぎ》を開けると、先に玄関に上がり込んでいった。ブーツを足から引っこ抜いて、捨てるように置く。キッチンの灯《あか》りをつけ、そこを通り抜けると、和室の石油ストーブをいじってさっさと火を点《つ》けた。

「うう、さぶ」

畳の上に正座して、手を擦り合わせる。

「たかちゃん、何突っ立ってんの」

日は暮れて、カーテンを開け放した窓の向こうは、ほとんど闇に沈んでいた。五時。隣のアパートの窓灯りだけ、抜け残った歯のように並んでいる。

俺はそこでようやく玄関のドアを閉めて言った。

「今日は何の愚痴だよ」

キッチンの蛍光灯の光が弱々しく届いているだけの和室に、赤い光が灯《とも》った。ストーブの火だ。灯りは星子の顔をゆっくりと下から照らし上げていく。

「たかちゃん、機嫌悪いの？　そっちこそ何かあったんじゃないの？」

星子は無表情だった。目だけが火を映してちらちらと光っている。

「あらかた、映画の役者の選考に落ちたってトコか？」

靴を脱いで、キッチンに上がる。四歩で通り抜けて、柱のたもとにカバンを下ろした。上着を脱いで、いつものハンガーにかける。

「たかちゃんこそ、もう就活が嫌になったんじゃないの。夢に執着したくなったんでしょう」

星子の声には苛立ちが遠慮なくあらわれていた。片手をストーブにかざしながら、振り向きざまにこちらを睨《にら》む。

「あんだけ『諦《あきら》める自分』に酔ったくせしてさ。『選ばれた一握りの人間の仕事だろ』なんて。たかちゃん、まだ諦めてないんだよ、選ばれた人間になることを」

ボッ、と音がして、ストーブの内側から炎がひと筋、伸び上がった。火の色が、俺のシャツまで届いて、真っ白なはずの布を赤く染める。星子の頬のふちも、真っ赤に染まっている。

俺は星子の前まで歩いていって、しゃがみこむと、右手で思い切り星子の肩を押した。あっけなく体勢を崩した彼女を、今度は両手で引きずり上げて、ベッドの上に押し倒す。

きゃっ、と小さな悲鳴が聞こえた。

「いつまでも夢見たいのは自分だろ！　自分がそうだから他人に投影するんだよ！」

怒鳴りつけると、手の中の肩がびくんと跳ねた。そこで初めて、星子の右肩──ストーブに遠かったほうの半身が、異常に冷たいのに気付く。こいつはどれくらいの時間、ドアの前にかがみ込んでいたのだろう。

押さえつける力に逆らって、星子が腕を動かした。俺は手を離す。

星子は黙って俺の腕を抜け、畳の上に立った。

「……従兄《いとこ》に押し倒されてきゃあぴい言うような奴が、ポルノ女優になんかなれるわけない」

そう言ってやった。思ったより声に力が入らなかった。星子は背中を向けたまま、振り返らずに部屋を出ていった。

ドアの閉まる音を聞いて、俺はベッドに顔を埋める。ストーブがちりちりと音を立てていた。


日常と関係なく、新刊は書店に並ぶ。

三千五百部の本はもはや大学近くの書店に入らず、新宿まで出たついでに大型書店に寄って初めて見ることになった。大きな書店なので、かろうじて平積みにされている。誰かが買った形跡はない。やはり、「背が高いだけの雑草」状態だ。

すげーな、ここでぼけっと本眺めてる俺が作者だなんて誰にもわからないんだな、と思いながらしげしげと眺めた。五分経っても、当たり前だが本は減らなかった。

苛ついて逃げたって——他の職に就いたって、いずれにしろ、この減らない平積みのようなものは、俺の目の前に立ちふさがるのだと思う。わかる。だったら、逃げ回らないでこれと向き合ったほうがマシだ。一応、十九で俺が一度選択した職なのだ。

真昼の山手線に揺られて、窓の外を眺めながら、色々なことを思い返していた。金屏風の前の演説、角田のつぶやき、他の若手作家の書評が映し出されたパソコンの画面、才能という言葉を聞いた時の色めき立った気持ち、握り潰《つぶ》した星子の赤いサンダル。行けない、行けない、あんなところへは行けない。

真冬だというのに、昼の光は車内にめいっぱい射し込み、人の靴でできた凸凹の上を滑っていった。星子と下から眺めた、光る川面《かわも》のことを思い出した。流れに呑《の》み込まれたサンダルが、頭の中で、何故か一輪の赤い花に差し替えられる。花はクルクルと回りながらあっけなく消えていった。

気が付くと、正面に座っているOL風の女が、口を開けて眠りこけていた。肩にもたれかかられた隣の男子高校生が、じっとうつむいている。その横には俺の父親くらいのスーツ姿の男が座り、面白がるように視線を走らせていた。それ自体は別に特別どうこう思うような光景ではなかったのだけれど、俺は何故か、みんなに叶《かな》わない望みがあったのかもしれない、と思った。それでも人は簡単に日常を捨てたりしない。挫折《ざせつ》した自分のために、泣き暮らせるほど暇じゃないのだ。

地下鉄に乗り換え、駅から出てアパートに向かう途中、この間と同じ場所で映画の撮影が行われているのに気付いた。今度は人の居ない時間なので、すぐにわかった。

「走れ、走れ、めいっぱい走るんだよ!」

女監督が、男優を走らせている。何故ポルノ映画にキャンパスで走るシーンがあるのかわからない。試しに、傍のベンチに腰かけてしばらく観察してみても、そればかり撮っていた。

「今日ダメダメだなアズマ」

「うーん、そうかな。っていうか、継代の言いたい事がよく伝わってない」

二人きりでよく映画なんか撮るよな、と思う。俺と星子が映画を撮ったら、五分で喧嘩《けんか》になってカメラを壊してしまうに違いない。

監督と話し合う最中、ふと、アズマがこちらに視線を向けて止めた。「星子ちゃんの」と小さくつぶやくのが聞こえる。監督が「は?」と言うのを無視して、アズマがこちらに歩いてきた。

「継代、休憩しよう」

「いいけど」

アズマは正面に立つと俺を見下ろして、「星子ちゃんの従兄の人ですよね」と言った。

星子の友だちに認識されているとは知らなかったので、多少驚きがある。

無言でうなずくと、アズマは俺の横に腰を下ろした。遠目に見た限りでは、俳優にしては地味な印象だったが、すぐ隣に居ると、顔立ちが整っているのがわかる。コートで身体がほとんど隠れているものの、首はほどよく太く、しっかりと筋肉がついているのが見て取れた。監督は、ひとつ向こうのベンチに座って、カメラとにらめっこを始めていた。

アズマはひと息ついてから、「今日、星子ちゃんに会いました？」と尋ねてきた。俺は首を横に振る。

「見にいってもらえますか。必修の授業、出てなかったんです」

「いつも出てないんじゃないの」

「でも、今朝、きついメールを出してしまったから」

アズマは淡々と言葉をつむいだ。どこか冷たく感じられるのは、俺の妬《ねた》みのせいなのだろうか。

コートのポケットを探り、アズマが携帯を取り出す。メールの送信履歴から、一通のメールを呼び出して俺に示した。「どうぞ」と携帯ごと手渡される。

慣れない機種の携帯に戸惑いながらもボタンをいじって見ると、メールは案外短かった。

〝To：星子ちゃん
Title：Re：ぐちかもしんないけど
本文：どっちがいい、なんて答えのない質問だろ。……と言ってお茶を濁したいところだけれど、映画を撮る上で言えば、圧倒的に継代のほうが優れた素材だったってことだ。これ以上突っ込んで訊《き》かれても答えられないけど。〃

最後まで目を通すと、喉《のど》の奥にぐっとものが詰め込まれたような閉塞《へいそく》感が生じた。

「星子、相当バカなメール出したんだな」

これはそれへの返信だ。言われなくてもわかる。アズマは黙って携帯をポケットに戻すと、「すいません」と謝った。わざわざ謝ったところが、少し気に食わなかった。

俺は黙ってベンチを立つ。アズマもそれ以上何も言わない。「継代」と呼ばれた監督は、通り過ぎる時に横目で見ると、顕微鏡に向かう子どものように、無邪気にカメラを覗《のぞ》いていた。

星子の部屋には風呂《ふろ》もトイレもない。玄関が共同、靴を脱いでアパートに入る。呼び鈴も当然ない。

星子、と呼んでノックをする。返事はなかった。しかし、玄関にブーツがあったので、中に居ることはわかっている。

少し考えてから、ドアノブを回すと、あっさり開いた。他の入居者が男子学生のみのアパートで、無用心極まりない。

「居るんだろ？」

ドアを閉めて六畳の中に呼びかけると、真ん中にある布団が動いた。閉め切った安いカーテンは陽射しを通し、部屋の中は中途半端な暗さだ。チキンラーメンと甘たるいシャンプー、それから冷えきった空気のにおいが充満している。すぐに、暖房が点《つ》いていないことに気付いた。呆《あき》れながらガスストーブの前にかがみ、点火操作をしたけれど、しゅうとガスの漏れる音がするだけで、火は点かなかった。

「なんだこれ」

「火花の電池切れた」

ようやく、丸まった掛け布団の中から声がした。

「バカじゃねーの！」

「五百円もするんだもん……おにぎり買ったほうがいいやって思って」

くぐもった声がぼそぼそと喋《しゃべ》る。我慢できなくなって布団を剝《は》ぐと、着膨れた星子がこちらを向いて転がっていた。

「寒いよ、たかちゃん」

「そりゃ寒かろう」

努めて無感情に言い返すと、星子の額で前髪がぱらりと散った。

「寒いよ」

下にした左目から、小さな涙がするりと落ちる。生え際の黒い頭の横に、携帯電話が転がっていた。

「バーカ」

俺はその携帯電話を布団の上から除《の》けると、代わりに自分の手を置いた。星子は布団から右手を出すと、手の甲を下にして、トンと俺の手の上に置いた。

「たかちゃん、あたしね、花束になりたかったの」

「うん」

「花束ならなんでもいいやって、思ってたのかもしれない」

「うん」

骨の浮き出た手の甲同士は、うまく重ならず、わずかに二、三点、触れ合っているだけだった。

「たかちゃん、就活やめた?」

「うん」

あはっ、と左目だけから涙を垂らしたままの星子が笑い声を上げる。

「泣くなよ!」

寝転がったまま大口を開けてこちらを指さした。「泣いてねえよ!」と言いながら、俺はほっぺたが濡《ぬ》れて熱いのを感じている。

思うに、俺は花束を両手いっぱいに抱えなくてもいいし、星子は花束にならなくてもいいし、選ばれない俺たちはなんでもなくていいのだ。

けれどもそれがうまく言えない。こういう時きっと人は手をにぎったりするのだな、と思ったけれども、手の甲をひっくり返すことがどうしてもできずに、星子の指のつけねにある丸い骨の下で俺の手は中途半端に浮いていた。そんなことをしている間に、星子は「あのスーツ売って、電池買ってよ」などと、まるでムードのないことを言い出す。

花束になる人も居るだろう。はちきれんばかりの花束になって、世間に捧《ささ》げられ、自分の選んだ道を間違いのないものと思える人たち。そういう花の降る世界で、俺は泥にまみれるように惑い、上を見上げては途方に暮れる。「才能」も「夢」も「やりがい」も、俺の世界にはない。この先も、それがたまらなく悔しくなる日は来るだろう。

それでもいつか、やっと一輪の花を咲かせることができた時、それを誰かに拾ってもらえればいいなと思う。

ほんの少し触れているだけなのに、星子の手の甲があたたかい。その小さな接点のように、あやうくあっけないものが、多分俺の、俺たちの、信じてもいいものごとのすべて。

あとがき

私は毎日のように夢を見る。

あまり奇想天外な筋のものは見ない。自分は現実の自分のままで、知っている人が登場して、皆常識の範囲内の行動を取る。

ただ、三百六十五日夢を見るために、日常の範囲内では登場人物の数が足りないのか、今より若い時の夢を見ることが多い。中学の夢、が一番多く、次いで小学校、高校、というところだろうか。

けれども大学の夢だけは見ない。

私は時々、大学のことを思い返す。夜間部の学生で、大学の傍に住んで主に徒歩通学をしていたから、まずは星空が目に浮かぶ。金星と、オリオン座のくびれのところくらいしか目立つ星のない東京の夜空。それと並んで、ビルのてっぺんで光る赤い点。明るいうちの景色は、思い出そうとするとまず木や花が浮かぶ。ハナミズキ、ヤマブキ、アジサイ、銀杏《いちょう》……。全部通学路の木や花だ。

その辺で私の「思い出」は止まる。

私が大学時代の夢を見ないのは当然だ。友だちがいなかったのだから。誰とも一緒でない帰り道は、星や植物を眺めることくらいしかすることがなかった。うちの大学の本部キャンパスには、食べられるかどうかわからないきのこが群生している場所がある……そんなことまで知っていても、私は、あのキャンパスの中を歩いていた無数の学生がどんなことをしていたのか、全然知らない。

この『神田川デイズ』は、私が大学を出た直後くらいに書いた連作だ。大学を舞台にした連作短篇、というのが、「野性時代」編集部からの依頼だったか、それとも私のほうで持ち出した設定だったかは失念した。ともかくピュアかつ明るいものを求められている気がしつつ私は、「しょっぱい大学生活」をテーマに企画書をつくり、お渡ししてしまった。

友だちがひとりもいなかったのに、まともな大学生活など書けるわけがない。ここはひとつ、「明るい」とか「ピュア」とかのプラスイメージを完全に排して、自分なりの暗い大学生活を小説に編み上げるしかない！　と考えたのだった。

かくして『神田川デイズ』はこのような作品集になった。単行本刊行から三年以上経った今なので告白してしまうと、各話の主人公それぞれに、私は自分の影を見る。「必要以上に異性にキョドる」「入学式で泣きたくなった」「心の支えが成績しかない」などなど、ストレートに当時のコンプレックスを反映した主人公が多い。

しかし、この〝連作〟には、各話主人公以上の主人公が存在する。文庫版なので著者本人から種明かしさせていただいてしまうが、それはもちろん、塩屋星子だ。そして彼女に、私は大学生活最大のコンプレックスというか、叶《かな》わない望みを背負わせている。

星になりたい、ということ。

作中では「星」ではなく、別の言い方になっている。でも私個人の心の中では、「星」という言い方がしっくりくる。光り輝くもの。この地上から離れたもの。誰からも見上げられるもの。私はそういうものになりたかった。逆に言えば、自分をそういうものと正反対のものだと強く感じてもいた。

今でも憶えているのは、文学部キャンパスのスロープを下る帰り道、夜空を見上げて根拠のない夢を描いていたことだ。傾斜のある道を大股《おおまた》で歩けば身体《からだ》が縦に大きく揺れ、何故か心までふうわふうわと揺れる気がする。その揺れの中で星を見ると、私は、ＵＦＯに連れ去られることを待つ子どものような気分で、自分は誰かに連れて行ってもらえそうだ、と無責任な希望に浸れるのだった。私外国語の成績よすぎるから外務省からスカウトが来てスパイになれって言われるかもしんなーい！　とか、私の卒論すばらしすぎてやっぱり大学院に進めって教授から直々に誘われちゃうかもしんなーい！　とか。四年生の時には既に、卒業後も作家としてやっていくことを決めていたにもかかわらず、しばしばそういったアホな夢想を膨らませていた。

選ばれたい。

そういうことだ。そして何故か私は、それを、キャンパスに通うみんなの望みであるかのように感じていた。これは今になると、根拠のない考えだな、と思うのだけれど、当時は絶対にそうだと思い込んでいた。きっと、選ばれることより選ぶことが大事だと、二十歳そこそこにして知っている人もあのたくさんの学生の中には居ただろうに。私は結局、誰ともそんな話をしなかったから、自分以外の人の考えを知るよしがないのだった。

前に述べたように、大学に居た頃とこの小説を書いた時期では時間に隔たりがあるのだけれど、書いている時の私もまだ、星子のような「選ばれたい」という気持ちをどこかに持っていたように思う。だから最後の「花束になんかなりたくない」という短篇で、星子と、彼女の従兄《いとこ》である大学生作家の生島タカオが選ぶ結論を——三崎亜記さんによる解説で丁寧に触れていただいた箇所だが——少し意外にも思う。正直、私はまだここまでは思えていなかったかもしれない、と。ただ、それでも叶わぬ望みの着地点を探してああいう話を書いたのだろうし、今読み返してみると、当時の自分が込めた考えより多いものが伝わってくる気がして、感慨深い。

私が大学生活の中で友だちをつくれなかった理由はただひとつで、「選ばれたいが、私は選ばれない」という気持ちが強くあったからだ。

選択授業のみのカリキュラムで、週一コマしか同じ人と顔を合わせない環境の中、誰かと仲良くなるには積極的に話しかけなければならなかったが、私にはそれがどうしてもできなかった。誰も私と話したくないだろう、と普通に思っていた。また、在学中の作家活動に於《お》いては大学名を伏せて通したのも、この学校に私の小説を気に入る人は誰もいない、と思ったからだった。むしろ嫉妬《しっと》で何かを仕掛けてくる暇人が一万人にふたりくらいは混じっていて、その一万分の二の人間によって自分の大学生活はズタボロにされる＝在学学校名の公表にはリスクしかない、というのが私にとっては妥当な判断だった。

でも、「選ばれないから」と怯《おび》えて後ずさることで、自分が「誰をも選ばない」という選択をひとつしているということに、私はずっと気が付かなかった。あのたくさんの学生の中に……本当にたくさんの、同じ大学に通った人たちの中に、私は大学生活をともにしたい人がいなかったのだろうか。

そういう事態について、「淋《さび》しいことだね」「おろかしいよね」と言い切れる人にとっては、学生たちの無駄なプライドに満ちあふれたこの連作短篇集は、あまり面白いものではないかもしれない。でも、まだそう言い切る自信のない人、もしくは全然そんなこと思わない人に、楽しんでいただけたらいいなあと思う。

最後になりましたが、三崎亜記さん、丁寧かつ熱い解説をありがとうございました。三崎さんにこんな風におっしゃっていただけるなんて、まだ「私は選ばれない病」回復期辺りにある自分には思いもよりませんでした。

また、ここで言っていいのかわかりませんが、私の孤独な大学生活を支えてくれた、同時期在学の「自作自演団　ハッキネン」の作者本介さんにも御礼申し上げたいです。私がキャンパスの中で笑うのは、「先生の話にウケて」以外では、その辺に貼ってあるハッキネンのひとことネタを読んだ時だけでした。その経験が、おそらくこの小説の中で「童貞メガネーズ」の活躍に変換されています。本介さんのネタに比べたら、作中のコントが貧弱で申し訳ないのですが……。

それから、単行本版含め、読者の皆様、読んで下さってありがとうございました。まだ年若い、これから大学入試に臨む皆様には、ぜひこれを読んで私と同じ大学生活を送ることのないようにしていただきたい……のですが、もしそうなってしまったら、またここ（本の中）に戻ってきてみて下さい。ぜひに。

二〇一〇年八月

豊島　ミホ

本書は、二〇〇七年五月に小社より刊行された単行本を文庫化したものです。

解説　「まなざしの誠実さ」

三崎亜記

なぜ三崎亜記が豊島ミホの小説の解説を書くのか？

私と豊島ミホの作品に「共通点」を見いだせる読者はおそらくいないだろうし、私が彼女と友人であるとか、編集者から無理に頼みこまれたというわけでもない。

ついでに言えば、自分が「青春」と呼ばれる時代から二十年近く遠ざかった今、いわゆる「青春小説」の類を手にすることはめったにない。

それでも私は、彼女の本が出るのを誰よりも楽しみにしているし、インタビュー等でおすすめの本を尋ねられるたびに、豊島ミホの作品の名を口にする。

◇

私が豊島ミホの本を読む一番の理由は、その自在な表現能力を堪能《たんのう》したいからだ。

彼女の小説を読む際は、必ず片手に付箋《ふせん》を持っている。

この『神田川デイズ』では、五十枚以上の付箋を貼った。

その一部を、ここで紹介したい。
第一話の主人公、原田は、大学に入ったら新しい世界が開けるのではないかと期待していたものの、クラスメイトと馴染《なじ》むきっかけを失い、「青春のどん詰まり」の六畳間に男三人で「沈没」し、そこから脱出できずにいる。その状況を、こんな風に語る。

――僕たちは気力や夢や自尊心なんかを少しずつ削られていった。KONISHIKIに使われる石けんのごとく、あっという間に磨《す》り減って、自分の存在自体がつるんと消えてしまうような気もした。

あるいは、大学生のうちに作家としてデビューしたものの、これから先それを「一生の仕事」として続ける決心がついていない貴男の独白。

――俺の本は、背ばかり高くて花をつけない雑草のように、周りの平積みから頭ひとつぶん飛び出ていた。

いずれも、時に突飛ですらあるが、比喩《ひゆ》としての映像イメージがまざまざと立ち昇ってきて、同時に主人公の置かれた状況や心情をありありと写し取っている。
「斬新《ざんしん》であり、かつ奇をてらわない」表現の匙加減《さじかげん》がいかに難しいかということは、同じ作家として身に染みて感じている。彼女は思いがけない表現をひょいと置いて、始めからそこにそれを持ってくるしかなかったかのように、「必然」として安定させてしまうのだ。

まるで熟練したパラシュート部隊の着地のように、目標を一ミリも逸《そ》らすことなく、心の中心にすとんと舞い降りてくる。

そんな職人技を、豊島ミホは軽々とやってのける。もちろん、彼女は身を削る思いで一つ一つの表現を生み出しているのかもしれないが、その「苦しみ」を垣間見《かいまみ》せない。それは、エンターテインメントとしての文章を「読ませる」プロとして、重要な資質だ。

解説を書きながらも、自分がありふれた表現でしか彼女の素晴らしさを伝えられないことをもどかしく思う。私は豊島ミホの表現を堪能しつつも、彼女の才能に本気で嫉妬《しっと》しているのだ。

◇

豊島ミホの本を手にする第二の理由。それは、彼女の小説の根底にいつも、作者自身の誠実なまなざしを感じるからだ。

豊島ミホは、「青春」時代を過ごす若者の心情を書かせれば、右に出る者はいない。だがそれは、昔のアルバムを押し入れから引っ張り出して、懐かしく振り返るような類のものではない。

本作中の表現を借りれば、「劣等感に埋もれ」、「グシャグシャな感情」を捨てようとして捨てきれずに、「地球のスネカジリ」として吹きだまる、「めくるめかない日々」だ。自分の人生を「そんなもんでしょう」と醒《さ》めて眺めながらも、時に「根拠のない自信」に満たされる。「光に満ちた世界」を望むものの、自分が「選ばれた人間」だと宣言するだけの明確な目指す先も見つけられず、「僕はなにをしているんだろう？」「私、やばいのか？」と一人呟《つぶや》く。

そんな身も蓋《ふた》も無い、「輝き」からは程遠い「青春」だ。青春というフレーズが、その言葉のイメージ通りの清々《すがすが》しく、美しいものばかりではないということを。そして、そんなドロドロを含めて一切合切が「青春」なのだということを、豊島ミホは読者に繰り返し語りかける。

それらはある意味、作者である豊島ミホ自身の、満たされなかった「青春」というものへの呪詛《じゅそ》の言葉なのかもしれない。それがどうしてこんなに瑞々《みずみず》しくも切実な物語となって結実するのだろうか？

連作短編方式の今作では、毎回主人公の視点を変えることで、様々な人間関係でつながった登場人物たちの人物像が多面的に描かれていく。

たとえば、第一章「見ろ、空は白む」の主人公原田から、「目に見える単純なものじゃなく、もっと、目に見えなくても胸を満たすなにか」を持っていると、「青春」の輝きの象徴のごとくやっかみ混じりで見られている三人組がいる。その一人である星子は、実際

は自らの輝ける場所を探し続け、「あたしはもっと行けるはず」と思い込み続けた結果、どこにも居場所を見つけられず、

——あたしね、花束になりたかったの

と、幼なじみに呟いて、涙を落とす。

あるいは、先輩の演説する姿に惹《ひ》かれ、友人たちから「左」と呼ばれる活動に参加するようになった道子は、自分のちっぽけさという現実に押し潰《つぶ》され、「毅然《きぜん》と前を向いて」歩くことができるのだろうかと思い悩んでいる。

だが、そんな彼女も、同級生の準からすれば、

——俺はその彼女の熱さを、心底うらやましく思った。

と見られている存在だった。

青春とは実に、挫折《ざせつ》と悲観と諦《あきら》めと嫉妬の繰り返しだ。

だが同時に、輝けない誰かにも希望はある。輝いている瞬間を、きっと誰かが見てくれているという「救い」が、この作品にはある。

それはなぜか？　作者自身の主人公を見守るまなざし、背筋をすっと伸ばして遠くを見

つめる誠実なまなざしが、それぞれのストーリーの背後に必ず見えてくるからだ。だからこそ私は、彼女の本を手にするのだ。

◇

登場人物に作者自身を重ね合わせて論じられることは、多くの作家が嫌うところだろう。私ももちろん、インタビュー等でそう言われるたびにうんざりしている一人だ。

だが敢《あ》えて、その禁じ手を使わせてもらう。最終章「花束になんかなりたくない」の主人公、大学生で作家デビューした貴男には、少なからず豊島ミホ本人の「作家として生きること」そして「生き続けること」への意志が投影されているのだと。

豊島ミホは2010年現在、作家としての活動を休止している。つまりこれから先、彼女の「新作」が世に出ることは、彼女が活動再開を宣言しない限り無いのだ。

彼女自身が考えた末に出した結論であろうし、「他人」である私がそのことについてとやかく言う筋合いはない。

ただ一つ言いたいのは、私にとって、豊島ミホは「戦友」だ、ということだ。「小説を書く」という、ゴールの見えない地平の上を一歩ずつ歩き続ける上での。

もちろん戦い方も、進むスピードも、武器も全てが違う。それでもなお、私にとって豊島ミホは戦友だ。「多くの絶望の中での、微《かす》かな希望」を描き続けるという、作家として目指している方向は同じなのだと思っているから。

文学賞のパーティー等にも顔を出さない私は、彼女に一度も会ったことはないし、これからも会うことはないだろう。それでも彼女は、かけがえのない戦友なのだ。

いつか泥だらけの顔ですれ違い、にやりと笑いあう。そしてまた、互いのスピードでそれぞれの目指す先に向けて歩き続ける。そんな存在だ。

◇

『神田川デイズ』は、大学生の主人公たちの、ありふれた、それでもかけがえのない日々を描いた、「青春小説」だ。だが、そこに描かれているのは、現代を少し迷いながらも懸命に生きる人々にとって普遍的なテーマばかりだ。

日常の息苦しさに窒息しそうな時。どこを目指して歩いているのかわからなくなった時。歩き疲れて思わず立ち止まってしまった時……。この本を手にしてほしい。『神田川デイズ』は、そんな読者全てにとって切実な、救いのメッセージに満ちている。

特に最終章、最後の八行は、垂れ込めた雨雲の隙間から一筋の光が差してくる光景を目にしたように、心洗われる。現実を否定も肯定もせず、ただあるがままに受け止め、それでも次の一歩を踏み出そうとする力強さを読む者に与える。世界は絶望だらけだけれど、だからこそ希望が美しいということを教えてくれるのだ。

私はこの八行を読むためだけにも、『神田川デイズ』を手にする価値があると思っている。

――それでもいつか、やっと一輪の花を咲かせることができた時、それを誰かに拾ってもらえればいいなと思う。

豊島ミホは、小さくも確かな輝きを持つ花を咲かせた。そしてその花は、読者の手に届いている。確実に。

神田川《かんだがわ》デイズ

豊島《としま》ミホ

平成22年 11月25日 初版発行
平成28年 12月25日 再版発行

発行者●郡司 聡

発行●株式会社KADOKAWA
〒102-8177 東京都千代田区富士見2-13-3
電話 03-3238-8521（カスタマーサポート）
http://www.kadokawa.co.jp/

角川文庫 16542

印刷所●大日本印刷株式会社 製本所●大日本印刷株式会社

表紙画●和田三造

ISBN978-4-04-394368-5 C0193